Dienstmädchen Sally

Harriet A. Cheever

Writat

Diese Ausgabe erschien im Jahr 2023

ISBN: 9789358810196

Herausgegeben von
Writat
E-Mail: info@writat.com

Inhalt

KAPITEL I.
IN INGLESIDE GEHÖRT

„Und die Fee sang dem armen Kind und streichelte sein wirres Haar und glättete seine runzligen Wangen.

„Und es sang und sang, bis das kleine Gesicht, das voller Kummer gewesen war, vor Freude und Kummer erstrahlte.

„Und immer noch sang und sang die Fee, bis die Augen des Kindes aus völliger Friedlichkeit zu sinken begannen und sich sanft schlossen, so wie die Blumen herabsinken und ihre hübschen Köpfe zum Lied der Dämmerung hängen lassen.

„Und die Fee sang immer weiter, bis das kleine Geschöpf in seinen Armen ins Traumland schwebte und dann weit über das Traumland hinaus in die Feenstadt gelangte. Und das Kind hüpfte durch grüne Felder und grasbewachsene Wiesen, tanzte durch Blumenbeete und ...“ Er flog zwischen Büschen voller süßester Düfte hin und her. Er trank die Honigtropfen, die die Bienen lieben, und nippte an Blumensirup, dem Kolibrisfutter. Und er hörte Musikklänge, wie man sie nur in der Feenstadt hört, und sah hübsche kleine Objekte mit Flügeln aus Gaze und Augen wie Lichtfunken.

„Und die Fee sang und sang, und das Kind träumte und träumte, bis jeder Schatten seines Lebens verblasst war. Und immer noch träumte und träumte —“

„Sally! Sally!“

Das kleine Mädchen, das unter der Hecke nahe der Steinmauer gelauscht hatte, zuckte zusammen, als es ihren Namen hörte.

Oh je! *Muss* sie zurück zur Slipside Row gehen und die schimpfende Stimme von Herrin Cory Ann Brace hören, nachdem sie fast in die Wolken gehoben wurde und einen winzigen Blick in die Feenstadt wirft?

Konnte sie wieder auf die Erde zurückkehren und kochen, schrubben, nähen und alle möglichen harten Dinge tun, nachdem sie diesen wunderbaren Funken Ruhm über die lieben, wunderschönen Geschöpfe namens Feen gehört hatte?

„Sally! Sally!“

„Ja, Herrin Cory Ann, ich komme.“

Sally rannte schnell zurück durch Shady Path und Lover's Lane, ihr runzeliger Kopf war voll von dem seltsamen, süßen Fragment eines Märchenliedes, das sie gehört hatte.

„Also, wo warst du?" rief Herrin Cory Ann, als Sally keuchend in die Reihe kam. „Nicht bis nach Ingleside, hoffe ich! Ich musste den Weg hochlaufen, damit du es hörst. Habe ich dir nicht schon mehr als hundert Mal gesagt, dass du dich besser von dort fernhalten solltest? Lass die Leute einfach oben Ein großes Haus fängt dich ein, herumzuschnüffeln , und zurück kommst du schneller als je zuvor. Hast du gehört, Sally Dukeen ?"

Seltsam wäre es gewesen, wenn Sally es nicht gehört hätte, denn die Stimme von Herrin Cory Ann war laut genug, um weit über Lover's Lane hinwegzudringen. Aber Sally antwortete wahrheitsgemäß.

„Ja, das habe ich gehört, Herrin Cory Ann, und ich war überhaupt nicht auf dem Ingleside-Gelände."

Nein, sie war nur am Rande des wunderschönen Ortes herumgelaufen und hatte sich dann in der Nähe der Steinmauer versteckt.

Es war ein armes, hart arbeitendes kleines Mädchen, das zurück zur Slipside Row gerannt war. Und niemand, der sie ansah, hätte sie überhaupt hübsch gefunden.

Die Menschen, die in der Häuserreihe lebten, waren arm, aber alle mochten Sally. Doch alles, was sie über sie wussten, war, dass ihr Vater mit seiner kleinen Tochter im Haus von Mistress Cory Ann Brace untergebracht war, als Mistress Brace in einer anderen Stadt lebte und in einem viel schöneren Haus als alle anderen in der Slipside Row . Aber er starb bald und hinterließ sein kleines Mädchen und etwas Geld in der Obhut von Herrin Brace.

Allerdings wusste niemand außer Herrin Brace selbst von dem Geld, aber wenn es ordnungsgemäß verwendet worden wäre, hätte es für einige Zeit gereicht, um die künftigen Bedürfnisse des Kindes zu decken. Aber Herrin Brace versteckte es und wollte genau das tun, was sie wollte, während sie weiterhin Sally behielt, weil sie als kluges und williges Kind von großem Nutzen sein konnte. Dann zog Mistress Brace an einen Ort namens „The Flats", wo sie drei Jahre lang lebte; Jetzt hatte sie noch drei Jahre in der Slipside Row gelebt.

Die Herrin war Sally gegenüber nicht wirklich grausam, sie war auch nicht freundlich. Und sie hielt sie ständig bei der Arbeit, fegte, kochte, nähte; in der Tat alles tun, was ein heranwachsendes Kind im Alter von elf Jahren tun könnte. Und wenn Sally jemals müde wurde und nicht mehr so lebhaft war wie sonst, würde Mistress Brace sagen, dass sie zum Town House gehen müsse.

Jetzt hatte Sally den alten Gran'ther Smithers und Tante Melindy Duckers gesehen, die im Town House wohnten, und sie hatte oft das alte Gebäude selbst weit zurückgesetzt in einer grasbewachsenen Straße gesehen, das überhaupt nicht unangenehm, aber so schrecklich war dachte daran, jemals selbst dorthin gehen zu müssen, dass sie, egal was Herrin Brace von ihr verlangte, ihr Bestes gab, es zu tun.

Aber eine große Hilfe und ein großer Trost war es, der guten kleinen Sally zu helfen. Eine unwissende Frau war Mistress Brace, denn tatsächlich konnte sie kaum mehr als lesen und schreiben, und sie legte mehr Wert auf Geld und Show als auf bessere Dinge wie Lernen und das Füllen des Geistes mit nützlichem Wissen.

Menschen, die nur wenig wissen, neigen dazu, abergläubisch zu sein; Sie sind sehr schnell dabei, dumme und unwahre Sprüche zu glauben, oder Dinge, die sie auch nur im Geringsten beunruhigen, vielleicht weil sie etwas in sich haben, vor dem sie sich fürchten müssen.

Wer sollte eines Tages vorbeikommen, wenn nicht eine freundliche, alte, farbige Frau, die manchmal am Eckhaus der Slipside Row vorbeikam und merkte, wie viel Arbeit das kleine Mädchen, das dort wohnte, immer erledigen musste. An diesem besonderen Tag, am nächsten Tag, nachdem Sally sich die Märchengeschichte angehört hatte, sagte Mammy Leezer , wie sie die Stufen schrubbte, zu Herrin Brace, die in einiger Entfernung stand:

„Und wann geht die kleine Missy raus zum Spielen?"

„Kinder haben es nicht nötig, Zeit mit Spielen zu verschwenden", blaffte Mistress Brace und blickte sich um, in der Hoffnung, dass Sally es nicht hören konnte. „Reden Sie nicht! Sally ist fast die ganze Zeit draußen; was will sie mehr , würde ich gerne wissen?"

Die alte schwarze Frau schüttelte mehrmals den Kopf und sah schlau und wissend aus, als sie mit ihrer süßen alten Stimme sagte:

„Lass einfach die kleine Missy die ganze Zeit bei der Arbeit und schau, was passiert! Chillerns sollten jeden Tag eine gute lange Spielstunde haben . Chillerns sollten ihr Abendessen gleich früh einnehmen , und zwar mit Chili ." Das muss funktionieren , nachdem das Abendessen auf ihrem Teller ist , fragen Sie mich nicht , was mit de Pusson passiert ist Das bringt sie dazu, die Arbeit zu erledigen! Verarschst du mich da nicht !"

Mammy verdrehte die Augen, warf ihre dunklen Hände hoch und trottete davon, als ob ihr Gedanken durch den Kopf gingen, die zu schrecklich waren, um sie auszusprechen. Und Herrin Cory Ann vergaß ausnahmsweise zu schimpfen, weil ihr ein unheimliches Gefühl den Rücken hinaufzulaufen schien. Sie sagte damals kein Wort, und es bestand auch keine Gefahr, dass sie vergaß, was Mammy Leezer gesagt hatte.

Mammy lebte in ihrer Hütte im „Quartier" in Ingleside, wurde aber alt und lahm, und es wurde ihr nur wenig Arbeit abverlangt. Früher war sie eine berühmte Köchin und Krankenschwester gewesen, aber jetzt hatte sie „de rheumatiz " in ihren „ Jints " und oft nachts einen Anflug von „de asthmy ".

kümmerte sich also nicht nur um schickes Kochen, wenn Besuch in der Villa war, oder kümmerte sich ab und zu um jemanden , der krank war, sondern rauchte auch gelassen ihre Pfeife an der Hüttentür und strickte Socken „für Männer, Leute " . Und sie bezeichnete sich trotz ihrer Schmerzen als „eine sehr angenehme alte Pussin ".

Oh, Wunder über Wunder! Zu Sallys Erstaunen und großer Freude sagte Mistress Cory Ann an diesem Abend dem Kind, dass sie „aus Gründen" das Abendessen selbst abwaschen würde, und fügte hinzu:

„Danach, wenn du den ganzen Tag über gut gearbeitet hast, ist es mir wohl egal, was du nach dem Abendessen mit dir machst, nur dass du dich nicht weit entfernen musst; vielleicht will ich dich."

Das Abendessen bei Mistress Cory Ann war keine große Angelegenheit, aber da sie zwei oder drei Angestellte bestieg, gab es immer reichlich Geschirr zum Abwaschen, und es würde fast Schlafenszeit sein, bevor Sally sich aufräumen konnte.

Aber jetzt, oh, Freude! Sobald das Essen vorbei war, sollte Sally frei sein, frei! Sie eilte hinauf in ihr kleines Zimmer auf dem Dachboden, holte ein Stück Spiegel hervor, das sie eines glücklichen Tages oben beim großen Haus gefunden hatte, und als sie ihr eigenes seltsames kleines Bild im Spiegelstück betrachtete, piepste sie: in Tönen großer Freude:

„Hast du *das gehört* , Sally Dukeen ? Hast du das nicht gehört, kleine Herrin Sally!"

KAPITEL II.
DAS TOLLE HAUS

Von allen schönen und faszinierenden Dingen in Sallys kleiner, enger Welt stand in ihren Augen alles in und um Ingleside mit Abstand am höchsten.

Es war ihre Freude, ihre Bewunderung, ihr Traum bei Tag und ihr Traum bei Nacht. Ingleside! Mit seinem weitläufigen Herrenhaus, seiner weitläufigen Plantage, die für ein agiles Kind aus der Slipside Row schließlich nur eine kurze Strecke war.

Hätte Sally die Bedeutung eines Wortes wie „Romanze" gewusst, bei dem es sich um eine süße und wunderbare Geschichte, ein Ereignis oder einen Traum handelt, hätte sie gewusst, dass der größte Zauber ihres Lebens von der lieben Romantik herrührte, die ihrer Vorstellung nach alles war über das schöne Ingleside.

die Slipside Row gebracht worden war , als sie ein aufgewecktes kleines Kind von acht Jahren war, mit einer lebhaften Fantasie und großer Liebe für alles, was geschmackvoll und schön war, war es für sie zum größten Reiz geworden, Rennen zu fahren , wann immer sie konnte, über Lover's Lane und Shady Path in einen Teil von Ingleside.

Wenn nun erzählt wird, dass das große Haus, der riesige Garten, die Felder, Ställe, Hütten, Lagerschuppen und die weitläufige Plantage von Ingleside das Herrenhaus und Anwesen eines kolonialen „Ortes" bildeten, werden Sie das verstehen war die Heimat eines Pflanzers aus dem Süden.

Denn Maid Sally lebte vor mehr als hundert Jahren und in Wahrheit noch einmal fast halb so lange. Und Slipside Row lag im lächelnden Süden, an der Grenze von Williamsburg, einer Stadt in der Kolonie Virginia. Und der Regierungssitz aller Kolonien Amerikas war damals Williamsburg. Aber damals gab es im ganzen Land nur wenige große Städte.

Zu dieser Zeit war es üblich, dass ein Mann einen so großen Ort besaß, dass er einen eigenen Namen hatte und eine eigene Siedlung war. Sir Percival Grandison, der Herr von Ingleside, war aus England gekommen, und da er wollte, dass sein Ort ihn an das alte Land erinnerte, nannte er ihn Ingleside. Denn in der süßen schottischen Sprache bedeutet „ingleside" „Kamin", oder „ingle" kann Kamin oder Kaminecke bedeuten; Sie sehen also , dass die Bezeichnung „Ingleside" dem Ort ein heimeliges Gefühl verlieh.

Vor dem Haus befand sich ein großer Garten, der so breit und tief war, dass man vom Tor bis zum Haus einen langen Weg über den Kieselsteinweg zurücklegen musste. Hier gab es große Blumenbeete, die ringsum mit dicken grünen Buchsbäumen oder duftenden kleinen Nelken oder vielleicht mit

Büscheln weißen, süßen Steinkrauts gesäumt waren. Und hier gab es auch alle Arten üppiger, altmodischer Blüten: Damastrosen, Moosrosen, die Flush Multiflora und Chinarosen ; Errötende Rosen, kleine schottische Rosen und die süße weiße Gartenrose; Große Pfingstrosen, rosa und rot, Sweet- William , Ringelblumen, Phlox, sowohl rosa als auch weiß, Junggesellenblumen, Akelei, Oleander, große weiße Magnolienblüten, Hahnenkamm, primitiv und fein, Mohn, Astern, Portulacas, Prinzenfeder, Schneebälle , Dahlien und Lilien aller Art.

Lieber, Schatz! Wie könnte man jemals von der Schönheit und dem Duft nur eines einzigen alten Gartens erzählen, in dem Reseda, Fuchsien, Heliotrop und Geranien ihre kräftigen, entzückenden Farbtöne und Düfte mit den anderen verströmen?

Weiter entfernt erfüllten gestreiftes Gras, Pfefferminzbonbons, Kräuter und Balsame die Luft mit würzigen Düften, wenn der Tau auf dem Gras lag.

Das Herrenhaus wurde nach dem großzügigen, althergebrachten Plan erbaut. An der Vorderseite befanden sich hohe Veranden mit weißen, geriffelten Säulen, eine riesige Eingangstür mit einem darüberliegenden Fächerfenster und Seitenlichter aus hohen, schmalen Glasscheiben. Auf der Treppe standen seitlich weiß gestrichene Bänke, auf denen man in der Kühle des Tages sitzen konnte.

Im Inneren kündeten riesige Kamine von guter Laune in kühlen Nächten, wenn ein helles Holzfeuer die großen Knöpfe der brünierten Feuerböcke oder „Feuerhunde" so erscheinen ließ, als würden sie von flüchtigem Licht belebt. Große Sofas, breit, hochlehnig und tief, mit Gobelins oder Brokaten bedeckt, Spitzenbehänge, breite Stühle, Hocker, Antimacassars oder Ordnungsmöbel, Fußhocker, Stühle mit hohen Lehnen, mit Sitzen aus Kammgarnarbeit, Piergläser, die fast reichen Vom Boden bis zur Decke, Bilder, ein Klavier, etwas ganz Neues damals, ein *Teppich* , ein weiterer neuer Luxus, außerdem ein Spinett, eine Art Klavier mit drahtigem Klang, eine Geige und eine Laute, alles befand sich in dem geräumigen Salon.

In der Halle befanden sich Porträts, einige davon sehr alt, und Schwerter, alte Pfeile und Bögen sowie ein paar alte Kampfszenen schmückten die Wände. Die Spindeln oder Pfosten am Fuße des Geländers trugen große geschnitzte Figuren von Seeschlangen und Greifen, seltsamen Tieren, teils Löwe, teils Adler.

Das Esszimmer hatte immer frischen weißen Sand auf dem Boden, schwere geschnitzte Möbel und an den Wänden hingen Bilder von Jagdszenen und viele Bilder von Festen oder Festen.

Im Obergeschoss befanden sich große quadratische Räume mit bemaltem Boden und reichlich selbstgemachten Matten. Bettgestelle mit hohen Pfosten und „Testern" oder Baldachinen darüber. Mit Chintz überzogene Möbel sahen frisch und schön aus, während Tagesdecken, Volants oder Seitenvolants für die Betten, der Kleiderschrank, die Vorhänge, der Frisiertisch und der Spiegel alle mit bunt geblümtem Chintz gefertigt, eingefasst oder besetzt waren.

Das Gästezimmer oder „Wohnzimmer" sah herrlich kühl und rein aus, mit weißem Dämmerlicht geschmückt, steif von Stärke und voller Erhabenheit.

Der Kochraum des Hauses befand sich auf der Rückseite des Herrenhauses, etwas abgetrennt davon, und die verschiedenen Gerichte wurden durch einen überdachten Gang transportiert. Weit unten auf dem Gelände befanden sich die Ställe, dahinter die Quartiere der schwarzen Bediensteten und noch dahinter die weiten Plantagen oder Tabakfelder.

An einer Seite des Gartens, inmitten von Rasen und Büschen, befand sich eine Steinmauer, die einen Teil des Geländes begrenzte, und in der Nähe dieser Mauer befand sich ein kleines Sommerhaus oder eine Laube, in der sich die jungen Leute gerne abends aufhielten Genießen Sie die kühle, süße Brise des schönen Southland.

Direkt außerhalb dieser hohen, angrenzenden Mauer befand sich eine dichte Hecke, die fast so hoch war wie die Mauer selbst und nur einen sehr geringen Abstand dazwischen hatte. Und hier, zwischen Mauer und Hecke, wollte Sally, die arme, halb vernachlässigte kleine Magd Sally, unbedingt von der Slipside Row abhauen und sich verstecken.

Weil, ah! weil sie herausgefunden hatte, dass der junge Lionel Grandison, Sohn von Sir Percival und Lady Gabrielle Grandison, die Angewohnheit hatte, nach dem Abendessen mit seinen Büchern in die Laube zu schlendern und, wenn er glaubte, allein zu sein, oft laut vorlas.

Aber jetzt verbrachte seine Cousine, Lady Rosamond Earlscourt, den Sommer in Ingleside, und Lionel, sechzehn, groß, gerade und männlich in seiner jungenhaften Schönheit, las abends seiner schönen Cousine Rosamond und seiner Schwester Lucretia Grandison vor . eine Märchengeschichte.

Er hatte am Abend zuvor später als gewöhnlich gelesen, und, ah! Es war fast so, als hätte eine Fee ihren leuchtenden Zauberstab erhoben und einen großen Segen gewährt, als Herrin Cory Ann zu Sally sagte, dass sie nach dem Abendessen gehen könne, wohin sie wollte, und die Arbeit für den Tag vorbei sei.

Das würde ihr Zeit geben, ein bisschen zu frisieren, zum Beispiel ihre wirren Locken auszureißen und ihr armes kleines Kleid so glatt wie möglich zu machen, um dann ungefähr zu der Zeit, als das Abendessen dort drüben sein würde, nach Ingleside zu rennen , und Lionel würde mit seiner entzückenden Lektüre beginnen.

Kein Wunder, dass Sally vor Freude ihre eigenen kleinen Seiten drückte, als ihr klar wurde, dass sie jetzt, sofern es nicht regnete , Nacht für Nacht zu ihrem verzauberten Gelände fliegen und die klare Stimme des jungen Lionel Grandison hören konnte, der das wunderschöne Märchen vorlas.

Ja, es war eine Wahrheit wie ein Stück Glück, das in das einsame Leben des Kindes gekommen war.

KAPITEL III.
DAS ENDE DER FÄENSTADT

Sally hatte den ersten Teil der Märchengeschichte nicht gehört, aber was sie gehört hatte, blieb ihr in Erinnerung, jedes Wort.

Und es genügte ihr zu wissen, dass ein armes kleines Kind verzaubert worden war, in den Armen einer Fee zu ruhen, und in süßen Träumen in die Feenstadt gewandert war.

Am nächsten Tag ging sie ihrer Arbeit nach und dachte kaum darüber nach, was ihre Hände taten, und ihre Gedanken waren so erfüllt von den schönen Blumen und Wiesen von Fairy Town, dass sie nicht aufgepasst hatte, als Mammy Leezer da stand und sich mit Mistress Brace unterhielt .

Sogar Mammy Leezer wirkte für sie normalerweise wie eine bevorzugte Person, und ein wenig von dem Glamour oder Charme, der jeden und alles in Ingleside auszeichnete, galt auch für Mammy Leezer . Mehrmals hatte die alte Frau mit ihr gesprochen, und Sally gefiel der „zuckersüße" Klang ihrer Stimme, wie sie es in ihren Gedanken nannte, sehr.

Aber heute war ihr Geist so sehr mit dem Feenbuch beschäftigt, dass sie sich an den Stufen abschrubbte, ohne sich darum zu kümmern, was direkt hinter ihr gesagt wurde, sodass sie nicht wusste, dass es das war, was Mammy Leezer gesagt hatte, was Mistress Cory Ann dazu veranlasste, ihr etwas zu geben die ganze lange Dämmerung und das Abendlied vor sich hin.

Es machte keinen Unterschied. Genug für sie, dass sie nach dem Abendessen losfliegen konnte und in ihrem eigenen Kämmerchen zwischen Hecke und Mauer noch mehr von der geliebten Geschichte hören konnte.

Kurze Zeit zuvor war für Sally etwas sehr Glückliches passiert, auch wenn sich vielleicht niemand daran erinnerte. Zwei oder drei große Steine hatten sich oben an der Mauer in der Nähe der Laube gelöst, und nach der Reparatur hatten die Arbeiter ein paar große Steine übereinander zwischen der Hecke und der Mauer zurückgelassen.

Dies war ein großartiger Sitz für Sally, denn nachdem sie sich auf den oberen Stein gesetzt hatte, befand sich ihr Kopf nur wenig unter der Mauer und sie konnte deutlich hören, was in der Laube gesagt wurde. Aber sie musste sich notgedrungen einen Weg durch die Hecke in einiger Entfernung hinter dem Sitz bahnen, wo die steifen Äste dünner waren, denn an dieser bestimmten Stelle waren sie so dick, dass sie traurigerweise ihre Kleidung zerrissen und ihre Haut schrecklich zerkratzt hätte, wenn sie es versucht hätte durchkommen.

Aber das kleine Mädchen wusste genau, wohin sie ihren dünnen kleinen Körper an der Hecke vorbeischlängeln und ein oder zwei Mal drehen musste, und da war sie, umso völliger verborgen, als der Schirm in der Nähe ihres Sitzes so dick war. Es kam ihr nie in den Sinn, dass sie vielleicht nicht zuhören sollte. Sally war ein zu ungebildetes Kind, um das zu wissen, und, oh! die Freude und der Trost von allem!

Es wurde gesagt, dass Sally einfallsreich war, und das war auch für sie eine großartige Sache. Denn, sehen Sie? Ganz gleich, wie hart sie auch arbeiten mochte, sie konnte sich vorstellen, in den Armen einer Fee ins Traumland zu schweben, genau wie das Kind in der Geschichte. Oder sie könnte sich vorstellen, wie sie sich in ihrem armen kleinen Dachzimmer vor einem großen Spiegel verkleidet und sich für eine Party in Ingleside fertig macht.

Nun wurde auch gesagt, dass Sally nicht hübsch anzusehen sei, aber hier ist die Wahrheit: Sally hatte stumpfes rotes Haar, und zwar sehr viel davon. Es war die Art von Rot, die sich in rötliches Gold verwandelte, wenn die Sonne darauf schien. Ihre Gesichtszüge waren fein, gerade und, wie man es nennt, „gut geschnitten". Ihre Augen waren dunkelrotbraun und wurden dunkler, wenn sie beunruhigt oder aufgeregt war, ihre haselnussbraunen Augen wurden mit jedem Jahr ihres Lebens dunkler. Dann waren seltsamerweise sowohl Augenbrauen als auch Wimpern fast schwarz und die Wimpern lang und geschwungen.

Aber welches Kind, bitte, sah jemals hübsch aus, egal wie schön seine Gesichtszüge waren, das nur halb sauber war, schlechte, schlecht sitzende, unpassende Kleidung trug und dessen verfilztes Haar tatsächlich eine unordentliche Perücke hätte sein können, die ihr nur auf den Kopf geworfen worden war ?

Sallys Zähne waren sehr gleichmäßig „eingefahren", und wenn sie nicht so braun gewesen wäre wie eine kleine Indianerin, weil sie bei fast jedem Wetter barhäuptig unterwegs war, wäre ihre Haut weiß und rosarot gewesen.

Sie können also sehen, dass das Kind, obwohl es schlicht und sogar heimelig aussah, dennoch „Punkte" von großer Schönheit hatte, wie wir sagen. Und obwohl Sally nicht wie ein brillantes Kind aussah, war sie doch „schlau wie ein Dollar". Das muss ein neuer Silberdollar sein, der, wie Sie wissen, sehr hell ist und im Licht funkelt. Genauso wie das Dienstmädchen Sally strahlender geworden wäre, wenn sie ein gutes Zuhause und freundliche Eltern gehabt hätte, die sie so erzogen hätten, wie ein Kind erzogen werden muss.

Oh, aber über ihr Herz, ihr liebes, kindisches Herz ist noch kein Wort gefallen. Sehr gut; Es war ein freundliches, warmes Herz, das das Richtige tun wollte. Und das war es, was die Leute von Slipside Row wie die arme kleine Sally machte; Es war das gute Herz, das unter ihrem schäbigen kleinen Kleid schlug.

Es war sehr traurig, dass Sally nur die kleinsten Wörter lesen konnte, denn ihr Vater hatte ihr gerade erst die Buchstaben beigebracht , als er abberufen wurde. Sie konnte weder schreiben noch buchstabieren, und was am traurigsten war : Sally war es egal! Dies zeigt, wie wenig sie über das Leben wusste oder was sie am meisten brauchte, um sich auf das richtige Leben vorzubereiten.

Aber die Engel wachen über gute Kinder, und schon bald sollten Sally ihre jungen Augen für Dinge geöffnet werden, die sie noch nicht sah. Und schließlich gibt es ein altes, altes Sprichwort: „Blut wird es zeigen", und wir wissen noch nicht viel über die Art von Blut, das durch Sallys Adern floss.

Jetzt war ihr ganzes Herz darauf gerichtet, den Rest der Märchengeschichte zu hören und herauszufinden, was das glückliche Kind in der Märchenstadt sah und tat. Und sobald sie ihr Abendessen gegessen hatte, versuchte sie, ihr dichtes, zerzaustes Haar herunterzukämmen und ihr Kleid in irgendeine Form zu glätten, huschte Sally nach Ingleside und achtete darauf, dass niemand sie eintreten sah – sie war immer vorsichtig dass – wie ein Kaninchen stürzte sie sich durch eine dünne Stelle in der Hecke und war bald auf ihrem felsigen Sitz weit oben an der Wand.

Wenige Minuten später erklangen Stimmen im Garten und das Rascheln weicher Gewänder über ihrem Kopf. Es war klar, dass Lionel Grandison, seine Schwester Lucretia und ihre Cousine Rosamond Earlscourt die Laube betreten hatten. Es gab ein kurzes, lockeres Gespräch, dann begann Lionels satte, angenehme Stimme mit dem Märchen:

„Die Tage und Wochen vergingen wie auf Flügeln des Windes, eines sanften, süßen Windes! In der Feenstadt fehlte es an keinem Vergnügen. Es gab keine Arbeit, keine Sorgen, keinen Regen, keine Kälte, keine große Hitze. Die Blumen Sie gab dem Kind die gleiche Nahrung wie den Bienen und den Vögeln. Sie nippte an dem kleeartigen Sirup der Wickenblüten, schmeckte und mochte den bittersüßen Duft der Teichlilie, liebte den Irisgeschmack der Reseda, den sie trank aus dem Kelch der Feenglocke. Sie sog den Nektar des Geißblattes ein und schmeckte den paradiesischen Duft der Rose. Ein Sirup, der aussah, als käme er aus dem Garten Eden, wurde aus würzigen Nelken, weißen Veilchen und Tallilien hergestellt , gemischt mit Morgentau.

„Nach dem Schlemmen, bis es müde war, kamen vier weiße Tauben, an einen leichten, silbernen Wagen aus Schneeballblumen gespannt. Leicht wie Luft flog das Kind in den süßen, weichen Wagen und wurde über den Blumen und Büschen hinweg getragen, aber Die Tauben flogen nicht zu hoch, aus Angst, das fröhliche Kind zu erschrecken.

„Als die sanfte Dämmerung der Feenstadt sanft hereinbrach, erschien ein Bett aus Schwanenfedern, so rein und weiß, dass das Kind Angst hatte, sich darauf hinzulegen. Aber die Fee warf sie dann spielerisch auf das flaumige Bett lächelte, als sie sah, wie schön alles dem Kleinen vorkam, der sich darauf schmiegte und bereit war, sich nach den Freuden der Feenstadt auszuruhen.

„Aber die Tage vergingen immer weiter, und siehe da! Wer konnte das glauben? Das Kind wurde müde – müde von der Süße, der Ruhe, den Taubenschlägen, der Nichtstun-, Sorglosigkeits-Leichtigkeit der Feenstadt!"

„Zuerst konnte sie nicht glauben, dass so etwas Seltsames möglich sei, und fürchtete, sie könnte nur dumm und undankbar sein. Aber leider! Das flaumige, blumige, allzu leichte Leben wurde immer ermüdender, bis sie in Schwierigkeiten und Bedrängnis ging zur Fee mit einem Blick in den Augen, den die weise Fee verstand. Dennoch fragte sie freundlich:

"'Was ist los, Liebes?'

„„Ah, gute Fee, ich fürchte, ich bin nur ein ungezogenes, ungezogenes Kind.'

„„Hast du etwas falsch gemacht?"' fragte die Fee.

„„Nein, ich hatte vor, nichts falsch zu machen, gute Fee.'

„Warum sollte man sich dann Sorgen machen, Liebes? Niemand braucht sich wirklich Sorgen zu machen, der nichts Unrechtes getan hat. Sag mir, was fehlt dir?'

„„Ich bin müde geworden, liebe Fee.'

„Die Fee lächelte.

„„Genau wie ich es erwartet hatte', sagte sie.

„„Du wusstest, dass ich es tun würde?"' Die Augen des Kindes weiteten sich vor Überraschung.

„„Ja; und soll ich Ihnen sagen, warum?'

"'Bitte.'

„Das wunderschöne Gesicht der Fee strahlte vor Liebe und Weisheit, und winzige Lichtfunken schienen überall um ihren Kopf herum zu schießen, als sie antwortete:

„„Mein Kleiner, mein Schatz, die Wahrheit ist, dass jeder , der auf die Welt kommt, etwas zu tun hat, und Glück und süße Zufriedenheit können nur dadurch entstehen, dass man es tut. In deinem Zuhause hattest du Besorgungen, die du erledigen musstest und Lektionen, die es zu lernen gilt.

„„Ah! Da liegt das große Geheimnis dessen, was junge Menschen brauchen und haben müssen, wenn sie jemals in der Welt von großem Wert sein wollen – Unterricht!"

„„Aber es gefiel dir nicht, nützlich zu sein und Besorgungen zu erledigen, und du wolltest auch nicht lernen und deine Lektionen lernen. Und so dachtest du, du wärst beunruhigt und müde – aber das war nur eine Einbildung. Also habe ich dich dorthin getragen Fairy Town, wo alles ruhig, flaumig, blumig, voller Leichtigkeit, Luxus und Festessen ist.

„'Aber *weil* du einen Geist hast, den du mit nützlichem, herrlichem Wissen füllen kannst, und ein Leben, das du mit guten Taten füllen kannst, könntest du nicht eine so wirklich nutzlose Runde voller nichts als Vergnügen leben.

„Gehen Sie zurück zu Ihrer süßen Pflicht, mein Lieber, und denken Sie daran, dass Fairy Town nicht für ein Kind des großen Königs des Himmels ist.'

„Dann erwachte das Kind, und siehe da, es hatte keinen Durst mehr nach Fairy Town."

Lionels angenehme Stimme verstummte. Für einen Moment war es still in der Laube, dann ertönte ein Rascheln, und Rosamond Earlscourts klare Stimme ertönte mit einem höhnischen Ton:

„Oh, in der Tat! Und, in der Tat! Das ist der Grund, warum gesagt wurde, dass diese Märchengeschichte für alle gut zu lesen ist, sowohl für Alt als auch für Jung. Weil sie die Notwendigkeit lehrt, zu lernen und nützlich zu sein Welt. Ich nenne es dumm!"

"Ich nicht!" sagte Lionel; „Wie kann man dazu befähigt werden, ohne ein gutes Maß an Gelehrsamkeit richtig zu leben? Und wer möchte leben, ohne nützlich zu sein?"

„Was willst du mit all deiner Weisheit anfangen?" fragte lachend seine Schwester Lucretia.

Lionel war aus dem Sommerhaus gewandert und stand auf einem breiten Stein am Rande der Mauer. Sally konnte ihn deutlich sehen, auch wenn kaum ein Verdacht bestand , dass er sie sehen würde. Sein Kopf war aufrecht gehalten, während er aufrecht und stark stand, mit dem Ausdruck eines Mannes im Gesicht.

„Ich hoffe", antwortete er, „das Wissen, das ich mir aneigne, so gut wie möglich zu nutzen. Jeder sollte versuchen, die Welt besser zu machen, weil er in ihr gelebt hat. Und es ist das Lernen, das durch Studium und Lernen entsteht." Bücher, die man haben muss, um die Dinge richtig zu verstehen. Ich glaube, unser Land wird in Kürze Männer der richtigen Art brauchen.

„Die Kinder der Armen können nicht die Bildung erlangen, die durch Bücher vermittelt wird", sagte Rosamond; „Bitte, wie viel muss es bei ihnen sein?"

Lionel antwortete entschieden:

„Der Junge oder die Magd, die entschlossen ist zu lernen und den richtigen Platz in der Welt einzunehmen, kann den Weg finden! Der Junge oder die Magd, die alles durchsteht, was sie behindern könnte, und trotz Schwierigkeiten lernen wird, ist *der* einer, der Erfolg hat und bewundert wird! Wir alle müssen unseren Weg gehen. Ich meine, meinen Weg voranzutreiben!"

Er sprach furchtlos, während er da stand, ein feiner Junge in feinen Gewändern, die von jenseits des Meeres hergebracht worden waren; sein helles, anschmiegsames Haar war aus der weißen Stirn zurückgestrichen, denn er wollte nichts von dem Zopf tragen, den damals viele sehr junge Männer trugen. Seine Weste war an der Vorderseite zart gerüscht, und um seine Hände war ein Spitzenband geschmückt. An einem Finger glitzerte ein breiter Ring mit einem klaren weißen Stein. Seine Kniebundhosen waren aus feinstem grauen Leinen, mit grauen Satinschleifen und silbernen Schnallen an den Kniebändern. Er trug außerdem lange graue Strümpfe, „gezapft" oder mit geschmiedeten Figuren an den Seiten, und Pumps aus poliertem Leder mit silbernen Schnallen in den Rosetten.

Der Sohn eines Gentlemans, der im gleichmäßigen Licht steht, das Feuer des richtigen Ehrgeizes und eine feste Absicht in Stimme und Augen, während das Abendlicht Formen und Gesichtszüge hervorbringt, die denen eines jungen Lords ähneln; und – unten in der Hecke, ein armes, verfilztes, schlecht gepflegtes kleines Mädchen, das ihn genauso anstarrte, wie sie einen Prinzen in einem Märchen angeschaut hätte.

„Oh, er ist ein Prinz!" keuchte Sally. „Er ist wie ein Feenprinz. Er ist *mein* Feenprinz!"

Dann errötete und zitterte das arme Kind. Die Vorstellung, den jungen Lionel Grandison, den Sohn von Sir Percival und Lady Gabrielle Grandison, auch nur im geringsten als zu ihr gehörend zu betrachten, erfüllte sie mit einer Art Ehrfurcht.

„Niemand außer mir weiß es", dachte Sally, „und ich *werde* ihn als meinen Feenprinzen haben. Tief in meinem Herzen kann ich es; oh, ich muss und ich werde."

Danach war sie einige Augenblicke lang sehr still.

Dann wachte plötzlich etwas in Sally auf. Etwas, das noch nie zuvor erwacht war. Es war ein plötzlicher Gedanke und die Erkenntnis, was sie selbst war.

„Nur ein Nichtswisser!" Sie flüsterte: „Ein armer kleiner alter Nichtswisser!" und sie ließ den Kopf hängen. „Kann nicht lesen, kann nicht schreiben, kann nicht buchstabieren! und wie müde ich bin!"

Dann erwachte etwas anderes in Sally. Zum ersten Mal regte sich etwas in ihrem Herzen. Sie zupfte an ihrem elenden Kleidchen und wiederholte:

„ Er sagte, dass der Junge oder das Mädchen, die unbedingt lernen wollten, einen Weg finden könnten. Hast du *das gehört* , Sally Dukeen ?"

KAPITEL IV.
DER FEENPRINZ

Sehr stolz, sehr reich, sehr aristokratisch war Sir Percival Grandison. Sehr stolz und gutaussehend war Lady Gabrielle Grandison, die aus dem alten Hause Earlscourt in England stammte. Stolz und gebildet war Lucretia, die einzige Tochter von Sir Percival und Lady Gabrielle. Reich, hochmütig und hübsch war Rosamond Earlscourt , Nichte von Lady Grandison und eine Art Mündel, denn Rosamond hatte keine Eltern und verbrachte viel Zeit in Ingleside.

Last, but not least, an erster Stelle unserer Geschichte steht Lionel, der einzige und zutiefst geliebte Sohn des Grandison-Haushalts.

Zweifellos war Lionel wie der Rest der Familie stolz auf seine gute Abstammung. Er hatte tiefblaue Augen, blondes Haar, eine leicht schnabelförmige Nase und einen gebogenen Mund, der seinen Gesichtszügen einen Ausdruck großen Stolzes verlieh. Er ging auch mit der Miene eines Prinzen und warf mutig sein junges Wappen vor die sanfte Art und den unerschütterlichen Patriotismus seiner Heimatkolonie im Süden.

Doch niemand nannte Lionel stolz. Wenn im „Quartier", wo sich die Hütten der schwarzen Bediensteten befanden, etwas schiefging, fingen die Jungen und Mädchen an, mit ihren Sorgen eher zum „Mars-Löwen" zu gehen als zum „Olen Mars" oder „Mistis " .

Sie waren alle Jungen und Mädchen, diese Schwarzen, bis sie über fünfzig waren; dann wurden sie allgemein „Mama", „Tante" oder „Onkel" genannt.

Und es gab kein Erdreich, kein Pferd, keine farbige Person, kein Tor oder keine Mauer, sondern war eine Anziehungskraft für Maid Sally, solange es zu Ingleside gehörte.

Und wenn gesagt würde, dass Meister Lionel vorbeikäme, würde sie es schaffen, in der Nähe der Ecke zu lauern oder einen Blick auf Sir Percivals großen kleinen Sohn aus dem Fenster zu erhaschen.

Es war Juni, heißer, milder, duftender Juni. Und erst seit Kurzem hatte Sally die Stelle in der Hecke gefunden, durch die sie sich hindurchwagen konnte. Aber nun wäre es tatsächlich eine starke Macht gewesen, die sie lange von dem verzauberten Ort hätte fernhalten können.

Es spielte keine Rolle, dass sie vor dem frühen Abendessen das schöne Holzfeuer anzünden, die große Spinne herunterholen und sich zusammen mit den brutzelnden Speckstreifen schmoren oder den Aschenkuchen oder die Maiskolben mischen musste; Oh, egal, was vor dem Abendessen noch erledigt werden musste, denn jetzt, sobald es vorbei war, konnte sie zu ihrem verzauberten Boden rennen!

Aber in der Nacht, als das Märchen endete, sahen wir, wie eine neue Sally zum Leben erwachte. Ach, es stimmte, das Kind konnte kaum lesen, konnte weder schreiben noch buchstabieren, und auf einmal – Sally kümmerte es!

Und wenn es auch merkwürdig war, so war es doch wahr, dass sie würdevoller und korrekter in ihrem Benehmen und ihrer Sprache wurde, während sie sich neue, schwierige Fragen stellte. Sie war, oh, sehr langsam und sehr nüchtern, über Shady Path und Lover's Lane zurück zu dem Waldstück gekommen, das links von der Slipside Row lag.

Schon bald würde die scharfe Stimme von Herrin Cory Ann sie rufen und ihr befehlen, auf dem engen Dachboden zu schlafen. Sie saß auf dem warmen, moosigen Rasen unter den großen Kiefern und sprach laut in einer urigen, altmodischen Sprache:

„Was sollen wir nun, bitte, Sally, tun? Sally Dukeen beherrscht weder Lesen noch Schreiben noch Rechtschreibung richtig , und welche Wörter sind mir gerade zu Ohren gekommen?"

Sie wiederholte leise und mit gutem Gedächtnis: „„Wer möchte leben, ohne nützlich zu sein? Dinge richtig zu verstehen. Der Junge oder die Magd, die entschlossen ist zu lernen, kann den Weg finden! Der Junge oder die Magd, die alles durchsteht, was hinderlich wäre, und lernen wird, ist derjenige, der Erfolg hat *und* bewundert wird.""

Dann leuchtete das Bild wieder auf: die männliche Gestalt an der Wand, der Glanz der untergehenden Sonne, der das stolze junge Gesicht erhellte, die Kleidung, die er trug, seine von Spitzen beschatteten Hände, der glänzende Ring an seinem Finger. Die ganze Szene flammte vor ihrer lebhaften Fantasie auf, als das Kind auf ihre braunen Händchen, ihr knappes Kleid und ihre rauen, nackten Füße hinabblickte.

Und die kindliche Trauer, die sehr schwer zu ertragen ist, brach mit einem tiefen, erstickenden Laut hervor, als Sally, mit dem Gesicht nach unten, zu Boden rutschte und rief:

„O Feenprinz! Feenprinz! Du stehst so hoch, so hoch über meinem Platz auf dem Boden. Du bist in der Sonne oben auf der Gartenmauer. Ich bin unter der Hecke im Schatten, außer Sicht. Du bist es der Adler, der Feenprinz und ich, der Buschvogel. Du wohnst in Ingleside, ich in der Slipside Row. Du hast einen stolzen, schönen Namen. Ich bin nur die arme Sally Dukeen . Was kann ich tun? Was kann ich tun?"

Sie zitterte am ganzen Körper vor lautem und schnellem Schluchzen.

Ah, aber *weil* Sally mehr eine kleine Magd und Frau war, als sie wusste, weinte und schluchzte sie unter den Kiefern. Sie hatte weder bemerkt noch gewusst, dass die braunen Finger in ihrem Schoß spitze Enden hatten und tiefe, runde Nägel hatten. Sie wusste nicht, dass die nackten braunen Füße hohe, gewölbte Spanne hatten, was auf gutes Blut vor nicht allzu langer Zeit in ihrer armen kleinen Geschichte hindeutete. Sie wusste nicht, dass die schlanke Gestalt unter ihrem schäbigen Kleid anmutige Linien und geschmeidige Kurven hatte, die eines Tages ausfüllen und für etwas Besseres stehen würden, als Slipside Row wusste.

Sie wusste nicht, dass sie so bitterlich weinte , *weil* sich eine neue Sally für die alte schämte.

Nach einer Weile lag die kleine Magd so still da, dass sie nicht hörte, wie Herrin Cory Ann sie rief, sie solle ins Haus kommen. Da jedoch keine Antwort kam und es schon spät wurde, dachte Herrin Brace, dass Sally bereits zu Bett gegangen sei, und machte sich daher keine Gedanken mehr über sie. Sie verriegelte die lose Haustür, löschte die schwachen Kerzen und schlief bald ein.

Und Sally schlief auch tief und fest. Flach auf dem Gesicht, auf dem weichen, trockenen Moos liegend, schlief sie so süß unter den stillen Sternen, als ob sie auf ihrer kleinen, schalenförmigen Matratze gelegen hätte. Der sanfte Wind bewegte das Rotgold ihres lockigen Haares und kühlte ihre erhitzten Wangen. Sie hätte vielleicht bis zum Morgen geschlafen, wenn nicht eine Eule hoch oben in einer der Kiefern mit lauter, feierlicher Stimme gebrüllt hätte: „Zu-weiß? Zu-zu-huh! Zu-zu-weiß? Zu-zu - zuh ! "

Dann öffnete Sally die Augen, hob den Kopf und sah sich um. Sie erinnerte sich, wo sie war, hatte aber nicht die geringste Angst. Oft hatte sie in der Hochsommerhitze einen alten Schal um sich geworfen und schlief die ganze Nacht sanft unter den Kiefern.

Aber Sally schlief nicht wieder richtig ein. Stattdessen setzte sie sich an einen Baum und begann laut mit sich selbst zu reden.

„Was soll ich nun tun? Mein Feenprinz sagte, dass jeder lernen könne, der zwangsläufig einen Weg finden würde."

Sally sah sich erneut um und sagte: „Mein Feenprinz", als fürchtete sie sich, selbst der Wind könnte sie hören.

„Es ist mir egal", sagte sie, „ich werde ihn meinen Feenprinzen nennen. Niemand kann es hören, und es hilft mir sicherlich in gewisser Weise. Es ist unziemlich, wage ich zu sagen, aber ich muss, ich muss und werde." ! Aber wie soll ich zum Lernen kommen? Ich könnte nur auf eine Frauenschule gehen, aber, Mädels und Krähen! Ich könnte auch versuchen, zum Mond zu fliegen."

Sie kicherte auf eine gesunde, kindliche Art, ein sicheres Zeichen dafür, dass es ihr besser ging und dass ihr süßes Wesen ihr zu Hilfe kam.

Plötzlich richtete sie sich auf, hielt den Kopf hoch, atmete ein paar Mal schwer und sagte dann langsam:

„Ich bin ein Dienstmädchen, das entschlossen ist, etwas zu lernen – und das werde ich auch tun!"

Daraufhin legte sie sich wieder hin und schlief, bis die Sonne hoch stand. Dann sprang sie auf, schlich in die Küche und begann, den Tisch zu decken, während Mistress Brace unten an der Quelle frisches Wasser holte.

Den ganzen heißen Morgen über war Sally damit beschäftigt, zu schrubben und zu putzen, und man muss sagen, dass sie sich nicht so glücklich und sicher fühlte wie am Morgen, weil die heiße Sonne und das Holzfeuer ihre Stimmung getrübt hatten.

Und als sie sich am Nachmittag ein wenig auf den Stufen ausruhte, die sie am Morgen geschrubbt hatte, freute es sie tatsächlich sehr, Mammy Leezer vorbeischlurfen zu sehen und zu wissen, dass sie die sanfte Stimme hören würde. Ihr Gesicht leuchtete auf, aber nicht bevor Mammy den nüchternen, sehnsüchtigen Ausdruck gesehen hatte, den sie einen Moment zuvor aufgesetzt hatte.

**„Eigentlich hat es sie sehr erheitert, MAMMY LEEZER
entlangrollen zu sehen.“**

„Was ist los, Schatz?“ Die Frage erklang in der streichelnden Stimme der alten Mammy.

„Das habe ich mir gewünscht“, sagte Sally.

"Wozu?"

„Auf Dinge muss ich lange warten, bevor ich sie bekomme.“

„Und du willst sie unbedingt, Schatz?“

„Oh, schrecklich.“

Mammy zitterte wie ein Wackelpudding. „Du siehst hier aus“, sagte sie, „ du Schauen Sie einfach mal hier; Genauso wie ein kleines Kind einen Notenschlüssel in der Mitte bis zum Kinn hat , geht es los , um zu bekommen, was es will . Es macht dir jetzt etwas aus! Ich habe noch nie ein kleines gesehen Pick'ninny , weiß oder braun , hat einen langen Spalt am unteren Ende ihres Kinns, aber zuerst oder zuletzt geht sie ihren eigenen Weg. Nicht Du machst dir jetzt Sorgen, aber vergiss nicht, was ich dir gesagt habe , und dir geht's gut. Und dein kleines Kinn ist fast in zwei Hälften gespalten . Lorr ! Es ist eine Gnade, es ist ein Loch so lange zusammen !"

Mama rollte weiter und zitterte immer noch vor Lachen, während Sally davonrannte, um einen Blick in ihr Spiegelfragment zu werfen.

„Mein Kinn *ist* in der Mitte unten gespalten“, sagte sie, „und vielleicht weiß Mammy es!“

Sie fühlte sich wieder glücklich, als es an der Zeit war, das Blatt an die Wand zu stellen, die Teller von der alten Kommode herunterzuholen, die Aschekuchen für das Abendessen zu mixen und die Scheiben zum Brutzeln zu bringen.

KAPITEL V.
DIE NEUE SALLY

Als Sally auf den Dachboden ging und sich vorgenommen hatte, sich ein wenig in Ordnung zu bringen, verspürte sie ein Gefühl der Angst, das sie nicht verstand. Aber sehen Sie, es war die neue Sally, die gerade erst begann, zum Leben zu erwachen.

Und das erste, was sie lernte, war ihre eigene Unwissenheit, ihre eigenen Bedürfnisse und ihre eigenen Wünsche.

„Mein Kopf ist wie eine Vogelscheuche!" Sie sagte; „Wo finde ich einen Kamm?"

Sie kroch in das Zimmer von Herrin Cory Ann und fand einen groben , halb zerbrochenen Kamm. Ach! sie konnte nichts damit anfangen. Ihr rötliches Haar kräuselte sich drumherum, darüber, daran entlang, aber die verfilzte Masse wollte nicht hindurch.

Der Versuch hatte einige Augenblicke gedauert, und Zeit war kostbar. Also wurde der verfilzte Mopp geglättet, das alte Kleid nach unten gedrückt und Sally rannte zu ihrem geheimen, felsigen Platz an der Wand.

Sie hatte nicht lange gewartet, als eine fröhliche Gesellschaft zur Laube strömte und junge Stimmen die Luft erfüllten. Sally kannte die Stimmen des Feenprinzen, seiner Schwester Lucretia und seiner Cousine Rosamond. Und als die Namen „Reginald" und „Irene" sie erreichten, wusste sie, dass der junge Reginald Bromfeld und seine Herrin Irene Westwood neben zwei oder drei anderen zum luftigen Sommerhaus geeilt waren.

eine Zeit lang sehr, die fröhlichen und geistreichen Reden zu hören, die hin und her geredet wurden ; Dann kam Sam Spruce, ein farbiger Junge von etwa zwanzig Jahren, in einem weißen kurzen Sack, einer schwarzen Baumwollhose und einer weißen Schürze, über den Seitenrasen geglitten, ein Tablett in der Hand, auf dem kleine Gläser, ein Kristallkrug und ein silberner Kuchen standen Teller, zarte Teller und sehr kleine, schneeweiße Servietten.

„Nun, Sam", rief Lionel in der freien und lockeren Redeweise, die oft gegenüber Schwarzen verwendet wird, „was hast du für unsere Erfrischung mitgebracht?"

Sam, der in den Kolonien geboren wurde und stolz auf seine Freundlichkeit in der Sprache war, antwortete:

„Es gibt Pasteten aus Jujubepaste , Makronen und Sangaree, Mars' Li'nel ."

„Sehr gut, Sam. Stellen Sie das Tablett auf die Bank da drüben; wir kümmern uns selbst um die Weitergabe."

Es gab fröhliches Gläserklirren, viel Gelächter und den Klang fröhlicher Geister, während sich Maid Sally mit ihrer scharfen Fantasie einbildete, zu der Gruppe über ihrem Kopf zu gehören; „Und doch", sagte sie zu sich selbst, „sollte mein Feenprinz tatsächlich neben mir sitzen und mir feines, köstliches Essen und ein süßes Getränk reichen, ich denke, ich könnte vor Freude sterben, das tue ich tatsächlich!"

Ein paar Minuten später wurde das Vergnügen des armen Kindes gestört, denn Corniel , der farbige Butler, schlurfte zur Laube und sagte würdevoll und respektvoll:

„Mars' Löwe, es sollen noch mehr Leute zu uns nach Hause kommen, und Mars' Großvater schickt seine Komplizen und möchte , dass die jungen Leute in den Salon kommen und welche machen. " Musik auf De Peranna und De Violin .

„Sehr gut, Corniel , wir werden sofort kommen", antwortete Lionel, und die hochgeborenen Burschen und jungen Mätressen marschierten davon, überließen es Corniel , das Geschirr einzusammeln, und ließen die arme, enttäuschte kleine Sally zurück, die von der Stelle, an der sich alles befand, wegwanderte einst war es still und einsam geworden.

Da es noch zwei Stunden lang hell sein würde, streifte Sally umher und amüsierte sich damit, zu sehen, was sonst noch rund um den Ort vor sich ging.

Sie spähte durch den Gartenzaun und beobachtete einen farbigen Mann, der vor den Blumenbeeten kniete, das Unkraut zupfte, es beiseite warf und dabei ein leichtes Lied trollte.

„Ich würde auch singen, wenn ich nicht in Ingleside leben könnte", murmelte Maid Sally.

Aber eine innere Stimme antwortete: „Du würdest nirgendwo ein Diener sein wollen."

Dann ging sie hinüber zu den Gitterstäben, die den weiten Garten abgrenzten.

Weit hinter dem Haus, in Richtung der Ställe, mähte der alte Onkel Gambo Gras mit einer Sense, deren Griff so lang war, dass er dem alten Mann weit über den Kopf reichte.

Onkel Gambo erklärte, er sei „ein Hunderttausender ", und da das niemand bestreiten konnte, versuchte es auch niemand. Aber als Jahr für Jahr verging, sagte Onkel Gambo immer noch: „ Ich bin ein Hundertzehnter , ja, alter."

„Ja, aber die gleiche Geschichte, die du mir vor zwei Jahren erzählt hast,
Onkel Gambo", sagte Lionel einmal zu ihm. „Du musst jetzt hundertzwölf
sein."

Der alte Neger schüttelte seinen weißen, wolligen Kopf. „Nein, nein! Ich bin
ein Hundertzehnter , ja, ich war es , ich werde es sein."

Damit war die Sache erledigt. Aber da die Weißen wussten, dass die farbigen
Männer und Frauen nach ihrer Berechnungsweise normalerweise sehr
schnell fünfundsiebzig oder hundert Jahre alt wurden, wunderte sich
niemand so sehr über Onkel Gambos Alter.

Sally sah dem alten Mann beim Ernten zu, denn es faszinierte sie zu sehen,
wie das üppige, reife Gras überall dort, wo die scharfe Klinge der Sense
darüber fegte, glatt und gleichmäßig geschoren lag. Dann schlenderte sie
noch weiter, immer weiter trabend, bis sie in der Nähe der Ställe stand.

Ein Stallknecht versuchte, einen prächtigen schwarzen Jäger zu kämmen –
ein schönes Reitpferd –, das keuchte, als ob ein Gebiss im Maul wäre, und
herumschritt und sich umdrehte, bis Bill, der Stallknecht, die Geduld verlor
und ausrief:

„Komm schon, Hotspur, du verrückter Blödmann, steh still, nicht wahr ? Sei
ein Gentleman Nur einmal, Hotspur, und ich werde dich mit einer neuen
Kleiebürste kämmen, Mars' gib mir die Nacht.

Daraufhin wurde eine merkwürdige, drahtige, teilweise abgenutzte Bürste
über die Gitterstäbe geworfen und fiel so nah an Sallys Kopf, dass es gut war,
dass sie sie nicht traf. Aber niemand sah das kleine Mädchen hinter dem
Streifenzaun, und sofort kämmte Bill Hotspurs glänzende Seiten mit so
kräftigen und gleichmäßigen Schlägen, dass das große Pferd stocksteif stehen
blieb.

Sally blickte auf den Pinsel, den Bill weggeworfen hatte.

„Das sieht aus, als würde es meine Haare glitschig machen", sagte sie. „Ich
nehme es mit nach Hause, trage es zur Quelle, wasche es und probiere es an
meiner eigenen Mähne aus."

Sie lachte über ihre eigenen lustigen Worte und steckte die Bürste in eine
Hängetasche unter ihrem Kleid, die Mistress Brace für sie angefertigt hatte,
damit sie ihr Geld sicher darin verstauen konnte, wenn sie Besorgungen
machte.

Dann wanderte sie immer weiter, bis sie das Quartier erreicht hatte und durch
Büsche und Sträucher, die weit hinter der Steinmauer, aber auf derselben
Seite lagen, einen Blick auf die Hütten der Farbigen werfen konnte.

Aus einiger Entfernung blickte sie auf Mammy Leezer , die an der Seite ihrer Kabine auf einem Stuhl ohne Rückenlehne saß, die Pfeife im Mund, die Hände träge im Schoß, das Stricken ausnahmsweise beiseite gelegt.

Sally wünschte, sie hätte es gewagt, hinüberzugehen und mit der alten Frau zu reden. Wieder einmal antwortete diese innere Stimme: „Nein, nein! Mammy Leezer , obwohl sie manchmal freundlich und tröstend ist, könnte keine passende Begleiterin für Sie sein. Gehen Sie nicht hinter ihr her, auch wenn es angenehm wäre, sie zu treffen und ihre sanfte Stimme zu hören, wenn sie spricht zu dir.“

„Vielleicht liegt es daran, dass sie schwarz ist“, dachte Sally.

"Oh nein nein!" sprach wieder die kleine aufständische Stimme. „Das liegt daran, dass du in jeder Hinsicht anders bist als sie und ihre Rasse, und das darfst du nicht vergessen.“

Dann erinnerte sich Sally daran, dass es in letzter Zeit mehrmals eine innere Stimme zu geben schien, die zu ihr sprach und versuchte, ihr Dinge beizubringen, die sie vorher nicht wusste oder an die sie zumindest noch nicht gedacht hatte.

Sie machte einen schnellen Satz, klatschte in die Hände und rief mit sanfter, aber jubelnder Stimme:

„Oh, ich weiß, was ich tun werde! Ich werde so tun, als ob ich zu zweit wäre. Eine soll wirklich ich sein, Sally Dukeen , dann wird es eine weitere Sally geben, eine schöne, neue, die von den Feen gelehrt wurde und weiß alles, was angemessen und angemessen ist, so wie es die höheren Leute tun.

„Ja, und ich werde mit ihr reden“, fuhr Sally fort und die angenehme Fantasie wuchs schnell in ihrem schnellen Verstand. „Ich werde sie fragen, was sie tun und wie sie sich verhalten soll, und ich werde mir alles anhören, was sie lehren kann.“

Der Gedanke gefiel ihr so gut, dass sie in der Stimmung war, alles zu genießen, und sie fühlte sich unbeschwert und voller Lächeln, als ein kleiner, torkelnder Pickaninny oder ein kleines schwarzes Kind auf Mammy Leezer zulief und rief :

„Reise! Reise! Reise, Reise!“

„Herrgott nochmal!“ rief Mammy, „wenn hier nicht die kleine Jule ist Bitte mich , sie zu tanzen . Ich habe heute Abend nicht die Kraft, dich zu tanzen , kleiner Schatz, die Rheumapatienten haben sich zu sehr einen Schlag in den Rücken zugezogen und mir den ganzen Mut genommen .“

„Reise! Reise!“ rief die süße kleine Jule und rannte auf Sam Spruce zu, der auf einem rauen Stuhl aus Ästen saß.

„Ich kann den Jingle nicht singen", sagte Sam.

„Egal", sagte Mammy mit einem breiten Grinsen, „du tanzt das kleine Cricket, und ich werde den Gesang übernehmen ."

Daraufhin kreuzte Sam seine Knie, stellte die kleine Jule auf einen Fuß, beugte sich vor und hielt die Hände des Kindes fest, während Mammy einen lauten Singsang anstimmte, hauptsächlich zu einer Note:

„Trip-a-trop-a-tronjes, De-vorken-in-de-boonjes, De-koejes-in-de-klaver, De-Paarden-in-de-haver, De-eenjes-in-de-waterplass , So-Pop! My- lil' - pick'ninny geht!"

Als Mammy mit dem langsamen Singsang begann, begann Sam sanft den Fuß auf und ab zu schwingen, auf dem die kleine, lachende Jule saß , und während das Klingeln weiterging, schwang der Fuß immer schneller, bis, als Mammy die Worte hervorbrachte: „So Pop! Mein kleiner Pick'ninny geht! " Sam warf das schreiende Kind auf seinen Schoß, wo es nur noch vor Lachen nach Luft schnappen konnte, bis es wieder zu Atem kam.

Dann gab es einen schreienden Scherz für „ Anudder trip! Anudder trip!" Bis Baby Jule sechs Mal auf Sams starkem Fuß hin und her geschwankt und in Sams starke Arme geworfen wurde, wobei Mammy währenddessen mit beiden Füßen den Takt schlug, während sie das Lied mit seinem hinreißenden „Pop!" trollte. für die kleine Jule .

Der sechste Ausflug endete, als Corniel gemächlich über das Gras kam.

„Mammy", sagte er, „Mars' Oma schickt mir Bescheid , dass das Geflügel und einige Euter morgen Abend auf dem Rasen drüben beim Sommerhaus zu Abend essen werden . Und er möchte , dass du etwas Schweinefleischmarmelade machst , einige." Melonenblätterteig, etwas Pfirsichtörtchen und etwas Sorghumschaum zum Essen auf Pandowdy mit den Salaten."

Mammy richtete sich sofort auf, setzte ein bedeutungsvolles Gesicht auf und begann:

„Ich bin nicht dazu geeignet , ausgefallene Gerichte für tolle Abendessen zu kochen , aber – "

„Oh, sehr gut", sagte Corniel und unterbrach sie, „Jinny kann es tun, wenn du nicht dazu in der Lage bist; Mars hat es gesagt."

Aber Mammy schrie in einem Ton, der ihre sanfte Stimme sehr schrill erscheinen ließ:

„Geh weg, du C'neel , rede darüber , dass Jinny *mein* Ding macht kochen .
Ich würde gerne 'de Porkapine ' sehen Marmelade *Sie würde* es schaffen ! Und
was weiß Jinny über geschlagenes Sorghumhirse oder Melonenblätterteig,
würde ich gern fragen ! Jetzt hau ab, du C'neel , und rede nicht mehr darüber
, dass Jinny meine Lieblingsköchin macht , aber sag einfach Mars' Oma , dass
ich es tun werde Das ist der Abendmahlskurs in Eb'ry respektieren .

Irgendwie gefiel Sally der Stolz und die Verachtung, die in Mammys Stimme
klangen, als sie sich vorstellte, dass es noch jemanden gab , der sie so gut
kochen konnte wie sie.

„Sie glaubt an sich", dachte Sally, „und das ist gut so."

Mammy humpelte in ihre Hütte, während Corniel und Sam zum Haus
gingen, und die kleine Jule folgte Mammy in die Hütte. Und Sally ging zurück
durch die süße Luft und grüne Straßen und durch Shady Path und Lover's
Lane, ihre Gedanken und Ohren erfüllt vom fröhlichen Lachen der
glücklichen kleinen Jule .

KAPITEL VI.
DAS SUPPER-UNTERNEHMEN

Als Sally am nächsten Abend die Bestellung für die Abendessengesellschaft hörte, beschloss sie sofort, dass ihre eigene einfache Mahlzeit schnell gegessen werden musste, da sie etwas von den schönen Dingen in Ingleside sehen musste.

Felsen stand, konnte sie leicht durch das dünne Gewirr in der Nähe der Laube direkt über ihrem Kopf und in der Nähe der Wand spähen. Es würde nicht genügen, lange zu gucken, aber sie könnte mehrere für einen Moment auf einmal hören. Doch sie muss auf der Hut sein: Ein plötzlicher Windstoß könnte das dünne Unterholz teilen, ihre leuchtenden Augen zeigen und dann, leider, die Freude, die es ihr nehmen könnte!

Oh, aber es waren Wunder, die sie mit dem alten Pinsel vollbrachte, dem gleichen, den der Bräutigam in Ingleside weggeworfen hatte! Sie wartete nicht bis zum Abend, um es auszuprobieren, sondern bürstete und bürstete im Laufe des Nachmittags mit dem Spiegel vor sich geduldig, bis so etwas wie ein Scheitel in der Mitte ihres wohlgeformten Kopfes erschien.

Daraufhin nahm sie eine starke Nadel und ließ sie über die unebene Naht gleiten, um einen schönen, gleichmäßigen Scheitel zu machen, an dessen beiden Seiten die dicken, rötlichen Haare hoch standen.

„Meine Güte, wie hübsch das aussieht!" murmelte das Kind unschuldig. Dann bürstete und bürstete sie noch einmal , bis die wellige Masse wie poliertes Gold glänzte. Und statt eines verfilzten Wischmopps lag es nun Reihe um Reihe weicher, lockerer, ordentlicher Locken, so nachlässig und doch ordentlich angeordnet, dass Sally genau dort erwachte und die extreme Schönheit ihres üppigen Haares erkannte.

Sie gurgelte vor Lachen und sagte mit der vorgetäuschten neuen Stimme:

„Du wirst viel über dich selbst herausfinden, Maid Sally, was du tun kannst und vielleicht auch, was du sein kannst, wenn du nur befolgst, was ich lehre. Es ist höchste Zeit, dass du aufwachst."

Dann antwortete eine verlassene junge Stimme:

„Ja, aber was nützt es einem armen Ding wie mir, aufzuwachen? Es geht nur darum, herauszufinden, wie schäbig und schmutzig mein Kleid ist, wie braun meine Hände und Füße sind, und das Schlimmste von allem, egal wie hart Ich könnte mich danach sehnen, denn Lernen ist nichts für eine Magd meiner Qualität.

„Bitte, hab Geduld!" rief die neue Sally fröhlich. „Du hast bereits eine hübscher aussehende Magd aus dir gemacht ; noch bessere Dinge könnten bald kommen."

Neue Worte kamen Sally in den Sinn, als sie mit sich selbst sprach, und ihre Sprache wurde korrekter, ein sicheres Zeichen dafür, dass irgendwo in ihr eine wirklich schöne Natur verborgen war.

Als sie an diesem Nachmittag zum Abendessen erschien, rief Herrin Cory Ann aus:

„Oh, guter Peter! Schau dir mal den Kopf des Jungen an, ja? Hast du dich heute an meinem Kamm zu schaffen gemacht?" fragte sie scharf.

„Ich habe eine alte Bürste gefunden, die ich gewaschen und benutzt habe, Herrin", antwortete Sally, „und ich denke, es ist an der Zeit, mein Haar in Ordnung zu bringen."

„Verschwenden Sie jetzt keine Zeit damit, schick auszusehen", sagte Mistress Cory Ann; Denn um die Wahrheit zu sagen, es tat ihr leid, die große Veränderung und Verbesserung in Sallys Aussehen zu sehen. Und mehr noch: Sie hatte bemerkt, dass das nützliche Kind in einer Weise vorsichtig und nachdenklich wurde, wie sie es sich überhaupt nicht gewünscht hatte. Denn wenn Sally anfing, das Beste aus sich herauszuholen, wozu könnte das dann nicht führen, bete?

Sie war so schnell mit dem Abendessen fertig, dass Mistress Brace noch einmal säuerlich sagte:

„Wenn du dir keine Zeit nimmst, deine Vorräte zu essen, bleibst du am Tisch, bis der Rest von uns fertig ist, da du nach dem Abendessen freigelassen wirst."

Sally dachte bei sich: „Morgen Abend werde ich länger am Tisch verweilen", aber jetzt flog sie davon und war im Handumdrehen durch die Hecke, auf den Steinen und spähte mit großer Sorgfalt auf einen wunderbaren Tisch, so etwas wie sie es sich in ihren kühnsten Träumen nie erträumt hatte.

Das lange Brett glänzte mit glänzendem, makellosem Leinen. Glas- und Silbergeschirr bedeckten den Tisch. Grüne Büschel und leuchtende, erlesene Blumen lagen umher und zwischen den Tellern und Gläsern, mit bezaubernder Farbe und bezauberndem Geschmack.

Corniel , in weißen Kleidern, mit mehreren farbigen Mädchen um sich, die ihm beim Warten behilflich sein sollten, flitzte umher, stellte Essen an die richtigen Stellen, stellte Stühle auf und erteilte auf pompöse Art und Weise Befehle, die ihm, wie Sally meinte, Spaß machen würden.

Mammy Leezer waren wirklich wunderschön anzusehen. Die Stachelschweinmarmelade, auf zwei getrennten Platten aus weißem Porzellan mit vergoldetem Rand, war eine dicke Marmelade aus Pflaumen oder Trockenpflaumen, die dann aus langen ovalen Formen gestürzt und überall mit kleinen Spitzen aus Kokosnussfleisch beklebt wurde, die gerade und steif standen. Sie sehen tatsächlich wie die Federn des kleinen Tieres aus, das Stachelschwein genannt wird.

Der Melonen-Blätterteig war eine herrlich aussehende Masse, hoch gehäuft in einer hohen Glasschale und schien aus passiertem Melonenmark und geschlagenem Eiweiß mit Puderzucker hergestellt zu sein.

Die Pfirsichtarte war eine Art Kuchen mit goldfarbener Soße, die zwischen kreuz und quer verlaufenden Streifen reichhaltiger Blätterteigpaste hervorlugte. Und Pandowdy mit Sorghumschaum sah in einer tiefen Glasschale aus, als wäre es eine Mischung aus Apfelmus und Kuchenboden, mit einer köstlichen Pyramide aus goldfarbenem Schlagzucker, die spitz auf der Oberseite stand.

Hühnersalat, auf anderen langen weißen und vergoldeten Platten, war wunderschön mit weißen und gelben Ringen aus hartgekochten Eiern verziert, durch die grüne Zweige liefen, so dass über dem klaren weißgrünen Rand der Salatblätter ausgefallene Girlanden entstanden .

„Oh, es ist die Nahrung der Feen! Es ist die Nahrung der Götter!"

Sally flüsterte in leiser Freude vor sich hin, ohne zu bemerken oder kaum zu wissen, was sie sagte. Ihre ganze Seele war voller Staunen über die Schönheit, die Schönheit der Dinge, die sich vor ihr ausbreiteten.

„Aber sie sind nichts für mich", seufzte sie. „Oh nein, niemals können sie für mich sein!"

"Warum nicht?" fragte die fröhliche Stimme, auf die Sally zu hören begann und die sie gern hörte.

„Ich bin so arm", antwortete Sally mit dem üblichen Blick nach unten auf Kleid, Hände und Füße.

„Erhebe dich", sagte die Stimme, die immer entschlossen zu sein schien, der armen Sally zu helfen und sie zu trösten.

„Ich werde es versuchen", antwortete sie. Dann sagte sie sich auf funkelnde, sonnige Weise:

„Oh, du sollst meine gute Fee sein, du neue Stimme! Warum nicht! Ich werde dich die Fee nennen, wann immer du sprichst."

„Na gut. Du kannst mich die gute Fee nennen und Meister Lionel kann dein Feenprinz sein."

"Oh oh oh!" keuchte Sally. „Wie schrecklich! Wie kann ich es nur wagen!"

Sie wäre fast von ihrem Platz gefallen, so groß schien ihre Anmaßung zu sein, den Gedanken zuzulassen, dem Feenprinzen auch nur in ihrer Vorstellung so nahe zu kommen.

Aber die hoffnungsvolle Stimme sprach wieder:

„Setzen Sie sich nicht ständig hin; es gibt vielleicht keinen Grund, warum Sie nicht aufstehen sollten, *wenn Sie so wollen!* "

Sally setzte sich und begann halb verwundert nachzudenken. „Was, oh, was bringt mich nun dazu, solche Gedanken zu haben?" fragte sie verwirrt. „Sind wirklich zwei Sallys in meiner Haut?"

Sie war zu ernst, um zu lachen, als sie fortfuhr: „Alles ist so, wenn es welche gibt, müssen wir einander helfen. Ich wäre dankbar, in der Welt aufzusteigen, und große, große Freude wäre es, wenn eine gute Fee es könnte." Komm und lebe mit mir und hilf mir aufzustehen. Höre, höre ich auf deine Stimme, gute Fee, und renne, wohin du schickst, und tue, was immer du befiehlst."

Dann hörte Sally viele Stimmen und das Rascheln seidener Kleidungsstücke, und sie wusste, dass ein sanftes Rascheln feiner Musseline und zart beschuhter Füße über den Rasen kam.

Sie wagte einen Blick auf die Schwulengesellschaft. Da war Corniel in all seiner Pracht, der den Tisch betrachtete, den er so schön gedeckt hatte, und Sam Spruce, der mit erhobenem Kopf und wissender Miene den Kellnern durch Zeichen und Nicken Anweisungen gab. Die Gesellschaft war eine gemischte Show aus prächtigen Mänteln, Kleidern und schimmernden Spitzen, aber der Blick war kurz und Sally saß wieder.

Ein lautes Geschwätz, gemischt mit freudigem Gelächter, schwebte über die Wand, aber ein „Spötter", die schöne Spottdrossel des Südens, vermischte seine Notizen mit all dem, und Sally konnte in dem angenehmen Durcheinander nichts deutlich hören.

Dann verstummten die bezaubernden Vogelstimmen, als jemand dem Feenprinzen deutlich eine Frage stellte.

„An welche Universität gehen Sie, Master Lionel, nach Oxford oder nach Cambridge?"

„Ich fliege im Frühherbst nach England, um ein Jahr lang Nachhilfe für Oxford zu bekommen. Die ältere Universität würde ich besuchen."

„Und wie alt mag Oxford sein?" fragte eine junge Stimme.

„Es wurde von Alfred dem Großen im 9. Jahrhundert, 872, gegründet", erklang die feste, sichere Stimme des Feenprinzen.

„Und Cambridge?" fragte jemand anders.

„Im Jahr 1257", kam die schnelle Antwort.

„Und du gehst in die *Belle Virgeen* ?"

„ Mit Sicherheit in der *Belle Virgeen* . "

„Was wird der gesamte Kurs sein?" war die nächste Frage.

„Fünf Jahre, wenn ich fertig bin. Es könnte sein, dass die Umstände meinen Abschluss verhindern."

„Oh! Ah! Tatsächlich!" rief eine Stimme gespielter Überraschung. „Fünf Jahre, um einen Jungen, der schon etwas im Kopf hat, dazu zu bringen, die Arbeit eines Mannes zu erledigen?"

„Und dann werde ich doch einundzwanzig sein", antwortete der Feenprinz. „Jugend ist die Zeit des Lernens."

„Und ist so viel Lernen nötig?" fragte eine weibliche Stimme, die dennoch die eines Mannes war, „für den jungen Herrn, der sein eigenes Land und seine eigenen Diener haben wird, wann immer er sie will?"

„Kein Mensch kann sich richtig um Häuser, Ländereien oder Bedienstete kümmern, der nicht über einen angemessenen Vorrat an angemessener Bildung verfügt", sagte Lionel energisch. „Außerdem", fügte er hinzu, „sagen sie, dass unserem schönen neuen Land unruhige Zeiten bevorstehen und man ein klares Verständnis der Geschichte, der Gesetze und der Regierungsregeln haben muss, um klug zu handeln. Die Kolonisten müssen möglicherweise handeln." mit großer Entscheidung, und ein Mann sollte in der Lage sein, ‚der rechten Seite zu folgen'."

„Und gut vorbereitet wirst du sein, Junge, wenn es so weit ist!" rief die herzliche Stimme von Kapitän Rothwell.

Die schicke Stimme fragte noch einmal in einem Tonfall, den alle am Tisch nicht hören konnten, und Sally konnte auch nicht nur gehört haben, dass der junge Mann dicht an der Wand saß:

„Und was wird in der Zwischenzeit die Schwester und unsere schöne Lady Rosamond trösten? Äh? eh? eh? Und unsere schöne Lady Rosamond, bitte?"

„Im Sommer wird es Heimreisen geben", antwortete Lionel; „Niemand wird mich vergessen müssen."

„Nun, Mägde müssen weinen, wenn Männer weggehen", lispelte der alberne junge Mann, dem niemand antwortete.

Dann trillerte der Spötter erneut, das Gespräch wurde verwirrt und hallte in Fragmenten über die Wand. Aber in Sallys Augen lag eine Art Kummer, und am Busen ihres ausgeblichenen kleinen Kleides hatte es ein schnelles Heben und Senken gegeben.

„Er geht weg!" Sie seufzte. „Mein Feenprinz geht weg. Der Fall wird bald kommen, und er wird gehen, um den Unterschied zwischen uns noch größer zu machen. Ah! Ah! Warum erhob sich die feine Stimme in mir, nur um die große Distanz zu zeigen, die zwischen uns liegt? die Reichen und die Armen, diejenigen, die lernen können, und diejenigen, die nichts wissen?"

„Oh, sei still, Kind, und hör auf zu jammern", rief die gute Fee. „Bewegen Sie sich! Beobachten Sie Ihren Feenprinzen, solange Sie können, so wie es Sie tröstet, und wenn er hinausgeht , um zu lernen, gehen Sie auch hinaus und suchen Sie nach Möglichkeiten, selbst zu lernen. Zwischen Ihrem Alter und dem der Fee liegen fünf Jahre Prinz, spürst du nicht in deinem Herzen, dass man in fünf Jahren sehr viel lernen könnte, wenn du mit einem starken Willen dein Bestes für Maid Sally gibst?"

„Der Wille ist stark genug", flüsterte Sally, „der Wille fehlt nicht, aber der Weg, liebe Fee, wer wird mir den Weg zeigen?"

"Betrachten!" rief die Fee. „Behalte deinen Willen und achte auf den Weg. Er wird kommen! Hat der Feenprinz das nicht selbst gesagt ? ist *da* !"

„Ich werde mein Bestes tun, dir zu gehorchen, liebe Fee", sagte die arme kleine Sally.

Aber tief in ihrem „Herzen" zerrte ein Schmerz, ein neuer Schmerz, den sie nicht im Geringsten verstand.

In ihren Ohren ertönte immer wieder eine schicke Stimme: „Eh? eh? eh? Und unsere schöne Lady Rosamond, bitte?"

Kapitel VII.
SALLY SAGT: „Das werde ich!"

Sally wusste alles über die tapfere *Belle Virgeen* . Damals war der Herr aus Virginia nicht nur Herr seines Hauses und seiner Ländereien, sondern auch die Schiffe kamen den Fluss hinauf, die den Tabak direkt von seinen Feldern oder Schuppen zu weit entfernten Küsten transportierten.

Die schwarzen Männer pflanzten, schnitten und verpackten Tabak und fungierten dann als Träger, um ihn zu den Schiffen zu tragen. Und Sir Percival besaß einen Teil der *Belle Virgeen* , die zweimal im Jahr aus dem alten Land zurückkam, beladen mit Seide, Wolle , Spitzen, Bändern, Strümpfen und vielen anderen Dingen, die von einigen Händlern aus dem Süden geschickt worden waren.

Das Kind hatte oft beim Be- und Entladen der *Belle Virgeen zugesehen* , und tatsächlich war wahrscheinlich die halbe Stadt dabei, dem Schiff beim Gehen und Kommen zuzusehen.

Aber aus irgendeinem Grund hielt sich Sally immer außer Sicht, wenn die Leute aus dem großen Haus in der Nähe waren. Und wenn der Feenprinz sie jemals gesehen hätte, wäre es ein so bloßer flüchtiger Blick gewesen, dass er sie sicherlich nie wieder gekannt hätte.

In weiteren drei Monaten würde *Belle Virgeen* ihre Segel ausbreiten und in einen anderen Teil der Welt gleiten, und mit ihr würde der Feenprinz reisen. Dann verspottete sie erneut die schwache Stimme:

„Eh? eh? eh? Und unsere schöne Lady Rosamond, bitte?"

„Die Lady Rosamond hat Geld und Schönheit, Freunde, feine Kleidung und viele Dinge, die ihr Freude bereiten", bedauerte Sally, „was braucht sie denn vom Feenprinzen als Gesellschaft? Sie kann Bücher lesen, in der Familienkutsche fahren, sitzen ein schöner Tisch; aber wenn das Schiff abfährt, welchen anderen Trost werde ich dann finden, wenn seine Stimme aus der Laube verschwunden ist und ich ihn in ganz Ingleside nicht finden kann?"

„Es gibt viel zu tun, zu lernen, etwas zu bekommen, viele Dinge zu suchen", rief ihre gute Fee. „Auf und davon! Schäme dich, über etwas zu grübeln und zu trauern, für das du nichts tun kannst. Es gibt viel Gutes zu finden, wenn du nur danach suchst."

"Ist da?" fragte Sally, ihre Augen hingen nicht mehr herab, sondern öffneten sich weit.

„Bitte, warum nicht?" fragte die Fee. „Wie oft muss ich es dir sagen?"

Ein paar Nächte später, als der Juli gekommen war und die Schwarzen, barfuß, mit bloßen Armen und nur mit ein oder zwei Baumwollgewändern bekleidet, träge ihrer Arbeit nachgingen, dröhnten hauchdünne, geflügelte Kreaturen inmitten süßer Blumenbüschel und schwere Gartendüfte, wenn üppige Blüten in Hülle und Fülle hingen und die Wege mit wilden Blumen bedeckt waren, als Vögel bis weit in die Dämmerung hinein sangen, ging Maid Sally langsamer als gewöhnlich zu ihrem felsigen Sitz.

Jemand schlief in der Laube, denn sie konnte das schwere Atmen eines Schlafenden hören. Dann fiel ein Buch zu Boden. Bald drehten sich die Blätter, und bald betrat erneut jemand die Laube.

„Ah, Rosamond", begann eine wohlbekannte Stimme, „wären Sie einen Moment früher gekommen, hätten Sie einen schläfrigen Lord gefunden."

„Ich habe die Idee eines Lords von sechzehn Jahren missachtet!" rief Rosamond kleinlich. „Welchen Sinn hat es, das Zuhause zu verlassen und in ein anderes Land zu segeln, um dort zu studieren, was man hier sehr gut lernen kann, und um sich besser mit Problemen auseinanderzusetzen, die vielleicht nie kommen werden?"

„Ich muss mich für die Zukunft bestmöglich rüsten", antwortete der Junge mannhaft.

„Und bitte, gibt es nicht Felder zu bestellen, Ernten zu bewachen und Hände zu führen, dass man auf der Suche nach Nützlichkeit über den Ozean fliegen muss?"

„Mein Vater ist in der Lage, sich um seine Felder, seine Ernte und seine Diener zu kümmern, Cousin Rosamond, und es war ein gutes Studium, das ihn zu dem Mann gemacht hat, der er ist. Und ich bin dankbar, dass er sowohl die Mittel als auch das hat." Bereitschaft, mich in die Lage zu versetzen, in seine Fußstapfen zu treten."

„Wir hatten viele schöne Stunden zusammen", seufzte Rosamond.

„Als Junge und Mädchen, ja. Ich bereite mich jetzt darauf vor, den Platz eines Mannes in Angelegenheiten einzunehmen. Würde mich das nicht behindern?"

"Ja!" schnappte Rosamond. „Das würde ich tatsächlich tun!"

Sie war eine verwöhnte Schönheit, diese Rosamond, und als siebzehn war, wurde sie sowohl sehr bewundert als auch begehrt.

„Ja", wiederholte sie, „ich würde Sie von einer solchen Torheit abhalten! Sie wurden bereits gut unterrichtet. Hier ist unser eigenes William and Mary College, kein schlechter Ort des Lernens; warum ist es nicht ganz gut genug, bitte sagen Sie es mir?" "

„Ich suche Hilfe aller Art, mein Cousin, und würde inmitten der Schätze und Bibliotheken der Alten Welt studieren, und das kann niemand hindere mich daran.

„Dann werde ich meine Gedanken in eine andere Richtung lenken", sagte Rosamond, „und das wird deiner Mutter nicht gefallen."

Da war keine Antwort.

„Was sagst du dazu?" fragte die hochmütige Schönheit.

„Es ist mein Wunsch, im Moment hauptsächlich an das Studium zu denken, das mir am Herzen liegt", war die vernünftige Antwort; „Aber", fügte Lionel noch leidenschaftlicher hinzu, „ich möchte dem Kurs folgen, den ich vorgezeichnet habe, und das werde ich auch tun!"

Die warme Luft des Südens hatte schon immer etwas an sich, das ihre Söhne zu ungestümen Reden verleitete, doch sie waren auch ritterlich, sanft zu den Schwachen und freundlich und höflich in der Sprache.

Als Rosamond anfing zu weinen und zu sagen: „Warum sollte man so hart zu einer armen kleinen Cousine sein, die es nicht böse gemeint hat?" Lionel rief aus:

„Verzeih mir, Rosamond, ich wollte nicht unfreundlich sein. Aber ich spüre in mir das Bedürfnis nach Vorbereitung, wie sie vor mir liegt. Dennoch würde ich meine Worte nicht zu voreilig äußern. Ich bitte dich, vergib mir, mein Lieber."

„Ah, wie süß ist der Geist meines Feenprinzen", lächelte Sally. „Wer würde eine so sanfte Stimme und jemanden, der so schnell ‚Verzeihen' sagt, nicht lieben?"

Dann schaute sie sich um, mit dem ängstlichen Ausdruck, der immer schnell auf ihrem Gesicht erschien, wenn sie es wagte, „Mein Feenprinz" zu sagen oder zu denken.

Danach hielt sich Sally fast jeden Abend in der Nähe der Laube auf, aber das Wetter war so warm, dass die jungen Leute lange Autofahrten mit der Familienkutsche machten, während Sir Percival und Lady Gabrielle im Schuppen losfuhren und den langsameren Weg nahmen durch süße, grasbewachsene Straßen, entlang des ruhigen Dingle und blumigen Tals.

Dann würde Sally umherwandern, vielleicht im schönen Ingleside herumlungern oder zu ihren geliebten Kiefernwäldern und der grünen Eiche zurückkehren.

Eines Abends, als Sally durch Lover's Lane zurückkam, sah sie Mammy Leezer auf sich zukommen und war sehr froh, die gutaussehende alte farbige

Frau kennenzulernen. Mammy kam mit ihrem üblichen langsamen Schritt herbei und sagte, als Sally näher kam:

„Heiß, nicht wahr, Schatz?"

„Ja, es ist heiß", antwortete Sally, „aber das ist ein schöner Abend für diejenigen, die reiten können."

Mammy warf ihren unabhängigen alten Kopf hin und her.

„ Machen Sie sich keine Sorgen um die Dosis „ Kerridges , um sie zu tragen ", sagte sie. „ Du bist genauso gut wie manche Leute ." Das fährt die ganze Zeit.

„Oh, aber es ist schön, zu guten Dingen geboren zu werden", sagte Sally mit einem kleinen Lachen.

„Woher wusstest du, was du bist? „ Geboren ?" fragte Mammy und warf erneut den Kopf. „Das tust du nicht Bis dahin _ Slipside Row nicht mehr nichts . Ich muss dir von deinem Papa erzählen . Wenn er es live gemacht hätte, würdest du die ganze Zeit lernen , Kumpel ! Du hättest es jetzt bekommen sollen .

Mammy war auf einen niedrigen Baumstumpf gesunken und hatte eine wichtige Miene angenommen, die sie wie ein Kleidungsstück umhüllte. Und da keine Klasse von Menschen es mehr genießt, eine Geschichte zu erzählen oder ihre Ideen zu äußern, als die farbige Rasse, setzte sich Mammy wie für eine lange Rede nieder und begann, wobei sie sich die ganze Zeit über sehr über Sallys Aufmerksamkeit freute:

„Nun, natürlich bin ich nicht dafür , „ein Wort" gegen meinen Herrn oder Herrn zu sagen , auf keinen Fall. Na ja, Bress Du junge Seele , ich gehöre seit Mars ' Perc'val und Mistis zur Familie Gabrelle Wir sind verheiratet. Und ich habe Miss Cretia vom ersten Tag an, an dem sie arbeitete, in ihren Bann gezogen geboren , und was den Marslöwen betrifft, er ist mein Baby Kurz !

„Um Himmels willen , das Gesetz ! Der kleine Schlingel würde mich nicht aus den Augen lassen , bis er vier Jahre alt ist , und bis er den Beerentag erreicht hat Chile kommt mit seinen Problemen zu seiner alten Mutter.

Sally hörte fasziniert zu. Hier waren Teile der Familiengeschichte, mit denen sie keinen Augenblick gerechnet hatte. Sie sagte schüchtern:

„Ich verstehe nicht, wie ein guter junger Herr Probleme haben kann."

„Nun, das tut er ", sagte Mammy. „Nun, zum Beispiel – da ist Miss Rosmond Earlscourt , sie hat jede Menge Geld und ihr Gesicht sieht auch sehr gut aus. Und diese alten Familien von Virginny bleiben gerne unter sich und heiraten und verheiraten sich mit einem Euter Denn in ihnen steckt jede Menge

Familienstolz . Das ist schon in Ordnung, natürlich , aber ich sage dir, Schatz, ich kann ganz klar erkennen, dass er kein Marslöwe ist Er wird sich an keinen Cousin oder niemand anderen binden , bis er es will. Dat Ros'mond , sie ist ja älter und Marslöwe, und Jungs verlieben sich meistens in Mädchen, die älter sind als sie sind, wenn sie Lätzchen tragen, *manche* ob sie es tun.

„Und meine Mistis ", flüsterte Mama und verdrehte die Augen, „sie will das. " Chile muss Ros'mond gleichziehen , aber er wird es einfach nicht tun! Und er sagt seiner alten Mutter, dass er mit einigen Dingen auf seine eigene Weise vorgehen wird , wenn der Himmel einstürzt.

Dann ließ Mammy ihre furchtbare Geschichtenerzählerin fallen, als sie mit ihrer eigenen süßen Stimme sagte:

„Nun, Schatz, das tue ich nicht Ich rechne damit , dass du bald ein Wort von dem erzählen wirst, was ich gesagt habe ! Meistens erzähle ich keine Familienangelegenheiten , aber du sahst so süß aus mit deinen rotgoldenen Haaren und den Löchern in deinen Wangen, dass ich dazu verleitet wurde, einmal über meine zu sprechen . Du wirst es nicht verraten , oder, Missy?"

„Nein, oh, nein!" sagte Sally, „Das würde ich um nichts in der Welt tun!"

„ Das ist mein Kätzchen!" sagte Mama so liebkosend, dass Sally vor Freude lächelte. Und tatsächlich kam es ihr so angenehm vor, dass die alte Amme ihres Feenprinzen ihr ein paar Familienangelegenheiten anvertraute, dass es ihr schwergefallen wäre, ein Wort von dem, was Mammy gesagt hatte, preiszugeben.

„Jetzt werde ich lange warten", sagte Mammy und machte einen Satz, um vom Baumstumpf aufzustehen, „und ich soll kein Wort sagen, das ich nicht gesagt habe , aber mein altes Herz tut weh , weil mein junger Mars." „Löwe, er wird im September sein Fell verlieren , und ich weiß nicht , wann ich mein Baby endlich erholen werde ."

Mammy hätte Familienangelegenheiten nicht erzählen sollen und Sally hätte nicht zuhören sollen, aber beide waren in einigen Dingen unschuldig und es wurde kein Schaden angerichtet.

Sally ging weiter zum Pinienhain und ging in Gedanken noch einmal durch, was sie gehört hatte. Aber das meiste, was Mammy über sich selbst gefragt und was sie über ihren Vater gesagt hatte, dachte sie. Sie wiederholte in ihrer eigenen Art zu sprechen:

„Woher weißt du, wozu du geboren wurdest? Du gehörst nicht zur Slipside Row. Ich habe von deinem Vater gehört. Wenn er gelebt hätte, würdest du die ganze Zeit etwas lernen. Du solltest es jetzt lernen."

Dann hörte Sally zu und hoffte, dass ihre gute Fee etwas zu sagen hätte, und sofort begann sie zu sprechen.

„Du spürst tief in deinem Herzen, dass das, was Mammy gesagt hat, wahr sein könnte. Vielleicht liegt es daran, *dass* dein Vater ein Gentleman und deine Mutter eine Dame war, weshalb du anfängst zu studieren und zu lernen, wie sie es von dir gewollt hätten. Schau dich um. Tu es Gib nicht auf. Sei entschlossen, einen Weg zu finden, dich zu verbessern. Du kannst den Weg finden!“

Sally blieb stehen. „Ich werde mir selbst helfen“, sagte sie entschieden. "Ich werde ich werde!"

"Oh oh oh!" „Das ist dasselbe, was mein Feenprinz gesagt hat: ‚Das werde ich‘!“, rief sie leise.

Sie flüsterte mit ihrer kleinen braunen Hand vor dem Mund:

„Und wir haben beide darüber gesprochen, etwas zu lernen!“

KAPITEL VIII.
Ein langes Lebewohl

Der August flog mit seiner schwülen Luft vorbei, und das große Haus lag warm und ruhig bis zum Abendessen, und niemand wagte sich hinaus, bis die Hitze des Tages vorüber war.

Für Sally war es eine Enttäuschung, dass die jungen Leute so wenig Zeit in der Laube verbrachten, denn es war für sie nicht leicht, sie irgendwo anders zu sehen oder zu hören.

Dann kam ein Tag im September, an dem der ganze Ort wie von einem großen und wichtigen Ereignis bewegt wurde. Kapitän Rothwell war am Dock oder auf dem Deck und gab schnelle Befehle, die Matrosen eilten hin und her und die tapfere *Belle Virgeen* stand mit Flügeln zum Auslaufen bereit.

Sally hatte Mistress Brace kurz zuvor um ein Stück grau-weißes Muster gebeten, aus dem sie sich mit äußerster Geschicklichkeit in der Nadel ein hübsches Kleid gemacht hatte.

Dann hatten sich die angeheuerten Männer bereit erklärt, ihr jeweils ein paar Pence zu zahlen, wenn sie jede Woche ihre Strümpfe stopfen würde. Und die Flicken waren tatsächlich überraschend ordentlich für ein kleines Mädchen von gerade einmal elf Jahren.

Sally konnte von ihrem Verdienst noch keine Strümpfe kaufen, aber ein billiges Paar Schuhe, die sie bereits gekauft hatte, und an dem süßen Septembertag ging sie mit dem Rest weg, um zu sehen, wie die Belle Virgeen in *See stach* .

Sie strengte ihre Augen sehr an, um einen Blick auf ihren Feenprinzen zu erhaschen, und ihr armes kleines Herz schmerzte bei dem Gedanken daran, dass er den großen einsamen Ozean überquerte, um fast ein Jahr entfernt zu bleiben.

„Oh, ein Jahr kommt mir so sehr lang vor", murmelte sie, „und obwohl ich bereit wäre, vor Scham zu sterben, tat es irgendjemand Ich weiß es, und doch war es für mich ein großer Trost und eine große Gesellschaft, vom Feenprinzen zu träumen und mir vorzustellen.

Es war so viel los und die Hektik war so groß, dass nicht viele Gedanken ihren Geist erfüllen konnten, und bald kam eine zusätzliche Aufregung, eine Kutsche fuhr die Straße entlang, eine geschmeidige junge Gestalt sprang heraus, und mitten in einem Jubelruf von der Mit den „Händen", die sich auf dem Treppenabsatz drängten, stieg Lionel Grandison die Laufplanke hinauf.

Dann kam das Signal von Kapitän Rothwell, die Trossen einzuziehen und das Trimmschiff gleiten zu lassen.

Ja, da waren Sir Percival Grandison, die junge Herrin Lucretia und Herrin Rosamond Earlscourt, alle schwenkten ihre Kopftücher und lächelten tapfer den jungen Studenten an, der seine Seemütze hoch über dem Kopf hielt und ständig damit wedelte.

Lady Gabrielle war nicht gekommen, um ihn wegsegeln zu sehen. Wie andere Mütter in solchen Momenten hatte sie nicht gewollt, dass der Junge ging.

Am Rande der Menge stand Sally. Sie ging noch weiter zurück und bemerkte kaum, dass sie in der Nähe eines großen Wagens stand, der etwas Gepäck zum Dock gebracht hatte, bis sie plötzlich von der anderen Seite eine melodische Stimme hörte, die halb schluchzte Gebet:

„O Lorr Gott, behalte das Chili Von all den Gefahren in der gewaltigen Tiefe! Lassen Sie nicht zu, dass die Wellen oder Wellen ihn verschlingen. Beschütze mein Baby vor allem Unglück ob ein verlassenes Land. Deine Arme haben ihn festgehalten Krankheiten. Deah Lorr, behüte mein Chili – Yah! Yah! Yah!"

Es war Mammy Leezer, die, ohne anzuhalten, um ihr Gebet in angemessener Form zu beenden, sich plötzlich dem Jubel angeschlossen hatte, der laut wurde, als das Schiff langsam den Bach hinunter sank.

Ganz still wurde es wieder, als die *Belle Virgeen* immer weiter abdriftete, bis das treue Schiff in der Ferne immer kleiner wurde und die Gestalt eines Jungen, der aufrecht und groß stand, wie ein bloßer Punkt am Himmel aussah.

Sallies Brust hob sich und Tränen füllten ihre Augen.

„Lebe wohl, oh Feenprinz", seufzte sie, „Lebe wohl! Ich hasse es, dich gehen zu sehen. Ich hoffe, dich eines Tages wiederzusehen, mein Feenprinz, und ach, was für eine Freude wäre es, wenn ich es ohne Scham tun könnte Irgendwann treffe ich dich von Angesicht zu Angesicht.

„Dann geh weg und bereite dich vor", rief ihre Fee, und ohne sich umzudrehen oder Mammy Leezer auch nur ein Wort zu sagen, ging Sally schnell in den Kiefernwald und begann erneut mit sich selbst zu reden.

„Eines muss ich jetzt tun. Es wird schwer sein, den Weg zu erkennen, aber – ich gehe auf eine Frauenschule!"

„Mistress Maria Kent hat schon lange Schüler, und sie dürfte eine gute Lehrerin sein. In dieser Woche geht die Schule los.

In dieser Nacht lag Sally lange wach. Wie beschäftigt war ihr Geist! Auf wie viele Arten versuchte sie zu planen! Schließlich rief sie aus:

„Ich habe es! Ich habe es! Das werde ich tun. Wenn Herrin Cory Ann ein Geräusch daraus macht – und ich habe große Angst, dass sie es tun wird –, dann muss ich Mut an den Tag legen und es ihr sagen, mit scheinbarem Respekt, aber mit ein guter Willensbeweis, das Lernen, das ich will und das Lernen, das ich haben muss."

Am nächsten Nachmittag machte sich Sally, sobald sie mit dem Abendessen fertig war, sowohl ordentlich als auch hübsch. Ihr Haar sah jetzt immer fast glatt aus, der grau-weiße Aufdruck mit einer roten Rose als Brustnadel war schön aufgehellt. Die anständigen Schuhe waren an ihren Füßen.

Sie schlüpfte davon, ohne von den scharfen Augen von Herrin Cory Ann gesehen zu werden, denn sie hatte das Gefühl, dass ihr Aussehen ihr nicht gefallen würde. Mehr als einmal hatte Herrin Brace klug von ihrem glatteren Haar gesprochen, und der Kauf der Schuhe hatte ihr nicht gefallen.

Sollte sie nun Sally davongleiten sehen, im neuen Kleid, mit einer Rose als Schmuck und mit Schuhen, würde sie verlangen, dass ihr sofort gesagt werde, wohin sie wollte.

Herrin Maria Kent saß auf der Veranda ihres hübschen kleinen Hauses, das Bild einer Schullehrerin aus alten Zeiten. Ihr Haar war mit einer Präzision gescheitelt, die nicht hätte gesteigert werden können, und es war auf beiden Seiten glatt nach unten gescheitelt, wo es direkt vor ihren Ohren gerundet war, wobei eine kleine, harte Locke über ihre Ohren getragen und eng an ihrem Rücken festgesteckt wurde Haar.

Ihr lang tailliertes Kleid aus blauem Batist war von puritanischer Schlichtheit, während der tief gearbeitete Kragen, der flach um ihren Hals lag, mit einer runden Brustnadel befestigt war, deren Haare in der Mitte seltsam geflochten waren, die von schwarzer und weißer Emaille umgeben waren und alles eingerahmt waren Gold.

Sie hob den Blick von dem Buch, in dem sie gerade las, und sah eine magere kleine Gestalt den Gartenweg heraufkommen.

„Guten Abend, kleine Magd", sagte sie freundlich, „wollten Sie mir etwas sagen?"

„„Guten Abend, kleine Magd', sagte sie angenehm."

Sally schluckte schwer, hob kaum den Blick und antwortete mit ängstlicher Stimme:

„Ja, Herrin Kent, ich möchte lernen."

„Das ist lobenswert", sagte Herrin Maria, „und wurden irgendwelche Vorkehrungen getroffen, durch die Sie die Pflichten und Privilegien eines jugendlichen Gelehrten wahrnehmen können?"

Sally hatte sich unterwegs gesagt, dass sie mutig sein müsse, und da sie kaum verstand oder gar wusste, was Herrin Kent gesagt hatte, begann sie mit einem guten Zeichen des Mutes für ein so schüchternes und ungebildetes Kind:

„Es gibt niemanden, der mir hilft, Herrin, ich muss mir selbst helfen, aber ich kann Dinge tun, wenn ich es versuche. Ich habe mein Herz darauf gelegt, etwas zu lernen, und das werde ich auch tun! Ich habe kein Geld, außer etwa vier Pence – einen halben Penny Woche zum Stopfen von Strümpfen, aber ich habe einigermaßen Geschick mit der Nadel. Wenn ich putzen, Unkraut jäten oder nähen könnte, wäre meine Arbeit gut gemacht. Könnte ich für Sie oder Ihre Mutter nähen, Herrin Kent, oder irgendeine andere Arbeit erledigen? das würde das Erlernen des Lesens, Schreibens und Buchstabierens lohnen? Denn lernen werde ich!“

Sally war kurz davor, laut aufzuschreien, als sie ihre Rede beendete, so schwer war es für sie gewesen, sie zu halten, und dennoch war sie froh und halb überrascht, dass die ganze Geschichte ohne Unterbrechung erzählt worden war.

Herrin Kent schwieg eine Zeit lang, nachdem Sally gesprochen hatte. Sie dachte bei sich:

„Das ist etwas Neues. Hier ist ein kleines Mädchen im Alter von zehn oder elf Jahren, das ganz allein an meine Tür gekommen ist und gesagt hat, dass sie lernen will und muss und gerne dafür bezahlen wird, was sie kann eigene kleine Hände.

Aber die Herrin musste weise und umsichtig sein. Die Kinder, die in ihre Schule kamen, waren gut unterrichtet und gut erzogen, stammten von stolzen Eltern, die ihre Schulbildung gut bezahlten, und ließen ihre kleinen Leute niemals mit Kindern aus ärmeren Klassen verkehren.

Sie waren alle gut gekleidet, sorgfältig gewaschen und gekämmt, trugen feine Strümpfe und geschmackvolle Schuhe und hatten bereits große Vorstellungen in ihren eigenen stolzen kleinen Köpfen.

Also schwieg Herrin Kent, die ein gutes, gütiges Herz unter ihrer steifen Taille hatte, so lange, dass Sally den Blick hob und einen besorgten Ausdruck im Gesicht der Schulleiterin sah. Sie blickte in die Ferne auf die fernen Felder und versuchte sicherlich, sich etwas auszudenken. Schließlich sagte sie langsam und deutlich:

„Es wäre nicht das Beste, kleines Mädchen, wenn du mit anderen jungen Menschen deines Alters in die Klassen einsteigst, denn sie würden dir in ihren Studienleistungen zu weit voraus sein. Ich glaube auch nicht, dass es gut wäre, dich mit A, B einzuschreiben.“, C-Gelehrte, denn sie wären viel jünger und kleiner als du.

„Aber ich schicke weder einen Jungen noch eine Magd weg, die viel lernen wollen. Zweimal in der Woche fahre ich ein paar Meilen, um einer lahmen Schwester einen kurzen Besuch abzustatten; wenn Sie dann pünktlich an einem Mittwoch und Samstag kommen Nachmittags, wenn die Schule nicht zu Ende ist, kümmere ich mich sanft um meine alte Mutter und mache auch ein wenig einfache Näharbeiten – denn ich mag es nicht, wenn die Hände untätig sind –, ich werde dir an anderen Abenden der Woche Bücher leihen und treu bleiben Bringe dir bei, gut zu lesen, zu schreiben und zu buchstabieren.

Sally vergaß fast ihre Angst und schrie: „Oh, danke, danke, gute Herrin Kent! Ich werde mich tatsächlich gut um die alte Mutter kümmern und das Nähen mit einem sorgfältigen Auge erledigen."

Und dann, als könne sie nicht anders, rannte sie vor und gab der Lehrerin einen Kuss auf den dünnen Hals.

Die Jungfrau errötete rosig und sagte mit zitternder Stimme:

„So, so, Kind, das wird genügen, sei nicht allzu dankbar für das, was mir Freude macht, sondern komm am Mittwoch nächster Woche, und wir werden weitermachen, um einander zu helfen."

Sally wanderte wie im Traum nach Hause. Denn siehe! so leicht hatte sie bereits einen Weg gefunden, zu lernen. Und sie wäre vollkommen glücklich gewesen, wenn nicht eine Stimme in ihr grimmig gesagt hätte:

„Aber mit Mistress Cory Ann Bracc hast du noch nicht gerechnet!"

Es war dann Donnerstag und Sally hatte fast eine Woche Zeit, um die Angelegenheit zu regeln. Und am nächsten Samstag, nachdem sie Küche, Treppen und Schuppen sorgfältig geputzt hatte, sagte sie zu Herrin Cory Ann, dass sie zweimal in der Woche nachmittags die Gelegenheit habe, zu Herrin Kent von der Mädchenschule zu gehen, um ihr einen Dienst zu erweisen, und An diesen Abenden sollte sie von der Schulleiterin unterrichtet werden.

Dann flammte Herrin Cory Ann auf und die arme Sally spürte, wie ihre Hoffnungen unter ihrem Zorn schwanden. In der Tat! Hatte sie nicht gesehen, wie man sich hochputzte, manipulierte und sich in Bewegung setzte, um sich zurechtzufinden? Keinen Schritt sollte sie zu Herrin Kent gehen, um ihr das Bücherlernen beizubringen!

„Habe ich dich nicht bekleidet und ernährt, undankbares Mädchen", rief sie, „aber du musst losgehen, um eine kluge Dame aus dir zu machen und dir Gedanken zu machen, die dir weder das eine noch das andere tun? War es der Anblick dieser jungen Makkaroni? Von einem Jungen, der in all seiner Pracht anfängt, sich den Kopf mit Bücherkram vollzustopfen, der Sie dazu verleitet, selbst das Gleiche zu wollen? Dann bringen Sie den Gedanken schnell noch einmal zur Sprache! Kein Wort mehr von diesem Unsinn über

Herrin Kent und ihre Lehren . Wenn du nicht gehorchst, gehst du zum Stadthaus und bleibst dort, bis du achtzehn bist.“

Oh, schrecklich! Sally sagte kein weiteres Wort; sie trottete nur Trübsal, als ob ihr das Herz gebrochen wäre. Nach dem Abendessen ging sie nicht nach Ingleside, sondern ging hinüber zu den Kiefern und warf sich mit dem Gesicht nach unten auf das Moos, wie sie es schon einmal getan hatte, als ihre Unwissenheit zum ersten Mal vor ihr auftauchte, und weinte und weinte, bis sie wieder einschlief.

KAPITEL IX.
DER Pfarrer

Sally hatte erst eine Weile geschlafen, als etwas ihren ausgestreckten Arm traf und ihren Kopf hob, hörte sie einen erschrockenen Schrei.

„ Lorr de massy, Chile ! Du machst dem Bref fast Angst outen my body!" und da war Mammy Leezer , deren Stab ihren Arm berührt hatte, bevor die alte Frau sie von der Seite eines Baumes aus sah.

Es dauerte nur ein oder zwei Blicke, um Sallys geschwollene Augen und gerötete Wangen zu erkennen.

„Was ist denn nun los, Schatz?" fragte die beruhigende alte Stimme. „Ich komme hierher in den Wald , um ein paar große Klettenblätter zu holen, von denen ich wusste, dass sie hier sind, und tränkt sie in Wein ." um das Elend in meinen Knochen zu beruhigen . Aber was trauert dich? Erzähl der alten Mama alles darüber.

Sally zitterte und schluchzte, bevor sie es zurückhalten konnte. Dann sagte sie einfach, sie hätte lernen wollen und jemand sei bereit, es ihr beizubringen, aber Herrin Brace würde es nicht zulassen.

Mammy setzte den listigen Blick auf, der ein gutes Geschäft bedeutete.

„Oh, jetzt lass dein armes kleines Herz nicht darüber platzen " , gurrte sie, „ vielleicht. " Du wirst doch endlich zur Schule gehen .

„Sie kennen Mistress Brace nicht", sagte Sally mit einem traurigen kleinen Lächeln.

„Nein, ich trauere nicht viel", sagte Mammy mit anschwellender Stimme, „aber vielleicht lerne ich sie eines Tages besser kennen . " Und sie humpelte davon, ein breites Grinsen auf ihrem runden Gesicht.

Als Mammy den Shady Path hinter sich ließ, freute sie sich, Mistress Brace mit einem Marktkorb auf dem Arm entlangschreiten zu sehen.

Jetzt wusste Mammy nicht das Erste von dem Geld, das Sallys Vater seiner kleinen Tochter hinterlassen hatte. Aber sie wusste, dass er in einem schönen Haus in Jamestown Corners gewohnt hatte, als Mistress Brace dort lebte, dass er anscheinend viel Geld hatte und dass sein kleines Mädchen die schönsten Kleider trug.

All dies hörte sie vor langer Zeit von einer farbigen Frau, die in Jamestown Corners lebte und manchmal im Viertel von Ingleside Halt machte.

Slipside Row umgezogen war und das Kind bei sich hatte, hatte die dunkle Frau betrübt den Kopf geschüttelt und sagte:

„Ich frage mich, wohin das Geld von Mars' Dukeen geht, denn er hatte Geld, Kumpel !"

Das schoss Mammy durch den Kopf, als Herrin Brace näher kam, aber sie sagte in ihrem süßen Singsang:

„Guten Abend, Mistis , was zum Kleinen heute Abend?"

„Wer, Sally?" fragte Herrin Cory Ann und musterte Mammy mit einem harten Seitenblick. „Ich weiß sicher nicht, wo sie ist."

„ Mal sehen", begann Mammy und blieb stehen, „ hat jemand was ? Sagen wir, sie ginge auf eine Schule oder so etwas ? Mir kommt es so vor, als hätte ich es irgendwo gehört . Und sie sollte auch gehen! Ihr Papa – ich weiß alles über ihren Papa – er meinte, sein kleines Mädchen hätte mit den Besten lernen sollen , und oh, meine Güte! Solche Dinge passieren Leuten wie Cheats Chillern Outen ihre Schule !"

Mammy sah sich ängstlich um und fügte hinzu:

„Warum, wenn jemand versucht, den jungen Marslöwen davon abzuhalten , alles zu lernen , was er will , wegen der Plagen und Qualen, die über ihn kommen!"

Sie ging murmelnd los und ließ Herrin Cory Ann zurück, die sich wünschte, sie wäre mit ihrem „Marslöwen" auf dem Meer. Trotzdem drangen ihre Worte in Mistress Braces Gedächtnis ein und beunruhigten sie, und sie konnte sie nicht vergessen.

Doch an zwei Nachmittagen in der Woche kam sie zu dem Schluss, dass Sally das nicht tun sollte. Doch am nächsten Morgen sagte sie zu ihr, dass sie ihr, nachdem sie alles überlegt hatte, einen Nachmittag in der Woche ersparen würde, aber das müsse dann sein, wenn es am bequemsten sei.

Zu ihrer Überraschung antwortete Sally, dass sie am Mittwoch- und Samstagnachmittag gehen müsse oder gar nicht.

„Dann ist es gar nicht so, dass du gehst!" schrie die wütende Herrin, „und denken Sie daran, das Stadthaus ist nicht weit weg!"

"Was wirst du jetzt machen?" fragte ihre gute Fee, als Sally allein war.

„Ich weiß es nicht ganz", antwortete Sally, „ich muss es mir ausdenken."

Als der Mittwoch kam, ging Sally nach dem Abendessen in ihr Dachzimmer, aber Herrin Brace achtete nicht darauf. Maid Sally war in den letzten Tagen so ruhig gewesen, dass Mistress Cory Ann dachte, sie hätte alles aufgegeben, was Bücher und Schule anging.

Aber jetzt zog Sally das bedruckte Kleid an, strich ihr glänzendes Haar herunter, zog ihre Schuhe an und schlüpfte ohne ein Wort zu Herrin Brace hinaus und machte sich auf den Weg zum Haus der Schulleiterin.

Sie vergaß nie das Vergnügen dieses ersten Nachmittags in dem hübschen Cottage. Ein Kanarienvogel trillerte Lieder in einem Käfig, der auf der Veranda aufgehängt war. Im Wohnzimmer begrüßte sie die alte Mutter in ihrem hochlehnigen, gepolsterten Schaukelstuhl . Die alte Dame benutzte eine schöne Sprache, und die Bücher, Bilder und soliden Möbel, alles einfach, aber schön, schienen in gewisser Weise zu der Welt zu gehören, zu der Sally selbst gehörte.

„Du weißt, dass du nicht genau weißt, wer du bist", flüsterte ihre Fee, „aber das macht dir nichts aus, vielleicht wird ja alles zu gegebener Zeit bekannt."

Aber als Herrin Kent von ihrer Schwester zurückkam und die Mutter sagte, dass Sally ein gutes, gutes Kind gewesen sei und ihr einen Samenkuchen gegeben habe, hatte Sally Angst, nach Hause zu gehen.

Also schlenderte sie umher, aß den Samenkuchen zum Abendessen, und als sie sah, dass sich das Tor öffnete, das zu Parson Kendalls Obstgarten führte, spähte sie hinein und bemerkte einen breiten, rustikalen Stuhl unter einem breiten Baum.

eine Weile ausruhen kann ", murmelte das Kind, und um es auszuprobieren, schlüpfte es über das Grün.

die Slipside Row gehen und Herrin Cory Ann treffen sollte , glitt sie ins Traumland, ihren hübschen Kopf zur Seite hängend, ihre rosigen Lippen geöffnet.

Als es dann später wuchs, es aber noch recht hell war, ging der gute Pfarrer Kendall in seinen Obstgarten hinaus und blieb auf seinem Spaziergang vor dem rustikalen Sitzplatz unter dem verzweigten Baum stehen.

„Was für ein sympathisches Kind es ist!" er murmelte. „Irgendein jugendlicher Wanderer, völlig erschöpft. Ich frage mich, wer sie sein könnte? Ich kenne ihr Gesicht überhaupt nicht."

Als Sally ihre Augen öffnete, oh! Oh! Oh! Da stand der Pfarrer, in schwarzem Rock, schwarzer Weste, schwarzen Kniehosen, schwarzen Strümpfen und nüchternem Gesicht.

Die kleinen Leute hatten damals große Angst vor dem Pfarrer, und tatsächlich wurde er von allen mit großem Respekt, wenn nicht sogar mit einiger Angst, gewürdigt, und Sally wäre vor Schreck fast vom Stuhl gefallen, wenn Pfarrer Kendalls Stimme nur sanft gewesen wäre und freundlich, als er fragte:

„Bitte, Kleines, wo ist dein Zuhause und bist du sehr müde?"

„Sprich laut!" rief ihre Fee, „sag die Wahrheit."

„Ich hatte Angst, nach Hause zu gehen, Sir", sagte Sally.

„ Hast du Unrecht getan, mein Kind?"

„Ich wollte nichts falsch machen", sagte Sally, „aber ich bin weggelaufen."

„Ah, wie war das? Sag mir die Wahrheit darüber."

Und zitternd in allen Gliedern, mit gesenktem Blick, stammelte die arme kleine Sally die ganze Geschichte: ihre Sehnsucht, ihre Entschlossenheit, ihre große Chance, die Weigerung von Herrin Brace, sie gehen zu lassen, und jetzt ihre Angst, nach Hause zurückzukehren.

„Ich werde mit dir nach Slipside Row gehen", sagte der Pfarrer, „und fürchte dich nicht, du sollst in keiner Weise leiden."

Und nun, wäre Sally ein gut erzogenes Kind gewesen, hätte sie gewusst, wie gemein es war, zuzuhören, was in der Stube gesagt wurde. Aber als der Pfarrer zu Herrin Cory Ann sagte: „Ich möchte mit dir reden, Herrin Brace", kroch Sally in einen Raum über dem Wirtschaftsraum und legte sich flach auf den Boden, ihr Ohr an einen großen Spalt darunter Fenster, sie konnte fast alles hören, was gesagt wurde.

Sally war überrascht gewesen über die vielen tiefen Knickse, die Mistress Cory Ann machte, als der Pfarrer zur Tür kam, und über den Ausdruck der Angst, der sich auf ihrem Gesicht gebildet hatte. Ja, Herrin Brace hatte tatsächlich ängstlich ausgesehen!

Jetzt hörte Sally Pfarrer Kendall sagen:

„Aber hatten Sie das Recht, das Kind fast zu einer Dienerin zu machen, als es so traurig allein zurückgelassen wurde?"

„Es war das oder das Stadthaus", sagte Mistress Brace knapp.

„Vielleicht nicht", sagte die ruhige, feste Stimme des Pfarrers; „Unsere Stadt schickt nicht alle, die arm oder unglücklich sind, ins Stadthaus. Hatte ihr Vater keine Freunde? Und war kein Geld mehr übrig?"

„Ich weiß nichts über die Freunde ihres Vaters", sagte Mistress Brace, „und was das Geld angeht, gab es sehr wenig davon, und es wurde für das Mädchen ausgegeben."

Ach, aber die Stimme der Frau hatte gezittert, als sie von dem Geld sprach, und ihr Gesicht war ganz rot geworden, so dass der Pfarrer, der wusste, dass etwas nicht stimmte, streng sagte:

„Ich sollte den Fall besser den Bürgern vorlegen. Wenn das kleine Mädchen so sehr nach Wissen verlangt , dann sollte es Wissen haben. Es ist meine Pflicht, mich um ein Waisenkind meiner Gemeinde zu kümmern, das anscheinend nicht die Chancen hat, die es hätte haben."

Das schreckliche Wort „Bürger", das die Männer meint, die an der Macht waren und die Kolonien regierten, erschreckte sowohl Mistress Brace als auch Maid Sally, und Sally war sehr froh, als Mistress Cory Ann ausrief:

„Es besteht kein Grund, die Bürger zu belästigen, Pfarrer! Hier ist das Mädchen gewesen, hier kann sie bleiben Herrin hat es geplant. Aber mir gefällt es nicht, dass das Mädchen wegläuft und mir nicht sagt, wohin sie geht.

„Sie sagte, es sei alles erklärt worden, aber Sie hätten sich geweigert, sich auf den Plan einzulassen", sagte der Pfarrer.

„Ich habe es nicht ganz verstanden", sagte Herrin Brace und ihr Ton war so mild, dass Sally erneut sehr überrascht war. „Lass die Dinge ihren Lauf nehmen", fügte sie hinzu, „und zweimal in der Woche kann das Mädchen gehen, wohin es will, und ich werde keine Regel dagegen aufstellen. Dann kann sie immer noch beizeiten helfen."

„Wir wollen es vorerst dabei belassen", sagte der Pfarrer, als er aufzustehen schien, um zu gehen, „aber man kann dem Kind keinen Vorwurf machen, weil es erzählt hat, was es getan hat. Ich sah, dass es in Schwierigkeiten steckte und fragte nach dem Grund. Sie hat kein Unrecht getan, wahrheitsgemäß zu antworten. Ich werde es jetzt als meine Pflicht ansehen, dafür zu sorgen, dass das junge Mädchen eine faire Chance hat, zu lernen, was die gute Herrin Kent ganz genau zu vermitteln weiß. Ich wünsche Ihnen einen guten Tag, Herrin Brace ."

Sally huschte davon, ihre Augen tanzten vor Freude.

„Fee! O Fee!" Sie weinte leise, „ein schöner Traum ist wahr geworden! Ich werde zu Herrin Kent gehen und lernen! lernen! lernen! Segen sei mit dir, guter Pfarrer! Ich möchte dir danken."

„Sei weise und lass niemanden wissen , was du gehört hast", warnte ihre Fee.

„In der Tat werde ich überhaupt nichts wissen", lachte Sally, „bis Herrin Cory Ann mir sagt, dass ich zweimal pro Woche zur Schule gehen kann." und Sallys Augen funkelten wie Feuer.

Als der Samstag kam, aber erst dann, sagte Herrin Cory Ann mit einer verächtlichen Kopfbewegung:

„Da du es für eine so schöne Sache hältst, dich mit Büchern zu beschäftigen, und dich dafür entscheidest, deinen Kopf mit dem zu füllen, ohne das andere gut zurechtgekommen sind, ist es mir egal, wohin du heute Nachmittag gehst, aber achte darauf, dass du zu anderen Zeiten Klugheit zeigst, oder so Fahrten zweimal pro Woche werden eingestellt."

Das war alles, und das war genug. Sally wusste jetzt, dass es ihr größter Traum war, sich wunderbar zu erfüllen.

Sie hatte durch Ausbessern ein paar Pence verdient, und in Goodman Chatfields Laden bettelte sie darum, zu erfahren, ob man für neun Pence ein anständiges Paar Strümpfe kaufen könne.

„In der Tat, nein, ein Schilling ist das Mindeste, mit dem man Strümpfe jeglicher Art kaufen kann", sagte der Lagerhalter Chatfield, der in Wahrheit gern plauderte. „Aber ich möchte unbedingt eine Besorgung auf der Cloverlove- Plantage erledigen, und wenn Sie es tun würden, werde ich von den Neunpence ein Paar Hosen geben, die Ihnen gut stehen."

Cloverlove- Plantage waren es eine halbe Meile und eine halbe Meile zurück, aber Sally erledigte die Besorgung gerne und rannte glücklich wie ein Vogel nach Hause, mit einem schicken neuen Paar Strümpfe unter dem Arm.

KAPITEL X.
DER FORTSCHRITT

Herrin Kent war nach ein paar Wochen bereit zu gestehen, dass viele kluge Kinder zu ihr gekommen waren, um etwas zu lernen, aber nie war ein Kind gekommen , das schneller lernte als Maid Sally Dukeen . Sie lernte tatsächlich, als ob ihre schönen kleinen Locken jeweils eine Zelle enthielten, in der sie die Dinge verbergen konnte , die sie ständig herausfand.

Beginn des Wintersemesters konnte sie gut lesen, außerdem schreiben und buchstabieren. Es besteht kein Grund, die Aufmerksamkeit des kleinen Mädchens zu erregen; Das Einzige, was nötig war, war, sie zurückzuhalten.

Jeden Abend außer mittwochs und samstags, sobald ihr Abendessen gegessen war, rannte Sally zu Frau Kent, die Bücher, die die Herrin ihr geliehen hatte, unter dem Arm und ihre Lektionen so perfekt gelernt, dass die gute Lehrerin sich fragte, wann sie Zeit dafür fand viel lernen.

Hätte sie fast jeden Tag einen Blick in Mistress Braces Haus geworfen, hätte sie es gewusst. Als Sally zu Bett ging, lag ein Buch unter ihrem Kissen, damit vor dem Aufstehen noch etwas Zeit zum Lernen blieb. Während sie sich anzog, war sie auch mit Buchstabieren beschäftigt. Und während das Geschirr gespült wurde, lag ein Buch vor ihr auf dem Regal oder auf der Fensterbank.

Sally schaffte es, inmitten des Klapperns des Geschirrs und des Raschelns eines Besens zu lernen. Denn Herrin Cory Ann hielt nicht viel von den Büchern und es störte sie nicht, wie viel Lärm sie machte, während das arme Kind eine Lektion erteilte, aber sie wagte es nicht, sie davon abzuhalten. Sally hatte herausgefunden, dass der Pfarrer ihr Freund sein würde, falls es zu Schwierigkeiten kommen sollte, und dass der Pfarrer und die Bürger Mächte waren , mit denen Herrin Cory Ann nicht zu spaßen wagte.

Wenn es kühl, schlammig oder etwas frostig wurde, kaufte sich Sally ein Paar Gummischuhe, denn trotz all ihrer zusätzlichen Lerntätigkeit fand sie doch Zeit zum Ausbessern und Stopfen und verdiente sich so immer ein wenig. Sie kaufte auch einen guten Schal, der sie schön warm hielt.

Und als sie sagte: „Ich brauche einen anständigen Hut; ich frage mich, ob der Pfarrer mir helfen würde, einen zu bekommen“, befahl Frau Brace ihr, sich fernzuhalten und den Pfarrer nicht zu belästigen. Dann besorgte sie vor der nächsten Woche für Sally eine Mütze, die sowohl warm als auch ansehnlich war.

Die eifrige kleine Sally wäre nicht zum Pfarrer gegangen; Sie war zu stolz, um um einen einzigen Penny zu betteln, aber sie hatte einen neuen Weg gefunden, um Herrin Cory Ann zu umgehen, seit sie all die Knickse vor dem Pfarrer gesehen hatte.

Dann passierte Sally noch etwas Schönes, das das Herz der kleinen Magd mit Freude und Fröhlichkeit erfüllte.

An einem Nachmittag im Januar, kurz nach Jahresbeginn, war sie in den Kiefernwäldern herumgelaufen, weil sie durch die Arbeit und das Lernen müde geworden war und sich dumm vorkam.

„Geh und spiel", rief ihre Fee.

„Aber meine Bücher", sagte Sally.

„Du wirst langweilig und kommst mit Büchern, Nadeln oder anderen Arbeiten nicht zurecht, ohne etwas Zeit zum Spielen zu haben", rief die Fee.

Und so legte Sally ihr Buch beiseite, ließ sie reparieren und rannte wie ein wildes, freies Ding in den Wald, der einen frischen, süßen Geruch hatte. Die Luft war kühl und tat dem Kind gut. Sie wanderte immer weiter und dachte, es sei tatsächlich eine gute Sache, manchmal zu spielen.

"Singen!" rief ihre Fee, „niemand wird dich hören, du singst hier so laut."

Über Sallys Stimme wurde bisher noch nichts gesagt. Sie wusste kaum, dass sie das hatte, was man „eine Stimme" nennen würde. Oft sang sie bei der Arbeit, aber Mistress Brace hätte ihr wahrscheinlich nicht geboten, still zu sein und keinen so großen Lärm zu machen.

Herrin Cory Ann redete selbst gern und brachte Sallys Gesang zum Schweigen, was Sally nach einer Weile glauben ließ, dass Singen nur störende Geräusche verursachte, weshalb sie im Haus nicht viel davon tat.

"Singen!" sagte die Fee.

Sally stand an einem Baum und sang, ohne darüber nachzudenken, wie ihre Stimme klingen würde. Die Töne erklangen klar und kräftig, denn sie sang wie ein Vogel. Und immer wieder sang sie ein paar süße Verse, die sie von der jungen Herrin Rosamond Earlscourt gelernt hatte übte sie mit ihrer Laute im Gartenhaus.

**„SALLY STELLTE SICH AN EINEN BAUM UND SANG,
SOHLE GEDANKEN ODER SORGEN.“**

Als sie stehen blieb, voller Freude, ihre eigene junge Stimme zu hören, hörte
sie ein leises Geräusch, und als sie sich umdrehte, oh! Oh! Dort stand Meister
Sutcliff, der Präzentor oder Leiter des Gemeindechors, der aus allen jungen
Männern und Mädchen bestand, die mit Melodie in ihrer Stimme singen
konnten.

Meister Sutcliff war auch Lehrer der Gesangsschule, in der jeder willkommen war, der die reguläre Gebühr zahlen konnte, sei es in Geld, Äpfeln, Obst oder Heu.

„Du hast eine herzhafte Stimme", sagte der Gesangsmeister, trat näher an Sally heran und sprach mit seinem eigenen satten Bass. „Eine herzliche Stimme. Wie würde es Ihnen gefallen, in die Gesangsschule zu kommen und dabei zu helfen, einige der ängstlicheren zu leiten?"

„Ich glaube nicht, dass meine Herrin es zulassen würde", sagte Sally mit gesenktem Blick.

„Wenn sie zustimmt, würdest du kommen?" fragte Meister Sutcliff. „Ich werde dir beibringen, richtig zu singen, und etwas tun, um die Stimme zu trainieren, die dir die gütige Vorsehung gegeben hat."

„Ja, ich würde kommen", sagte Sally, ohne den Blick zu heben.

Master Sutcliff schritt ab, aber Sally konnte nicht mehr singen. Was würde Herrin Cory Ann sagen?

„Sie wird es nicht zulassen", sagte sich Sally.

„Warten Sie ab", jubelte ihre Fee.

Und es schien, als würden die Wunder niemals aufhören, jetzt, wo sie begonnen hatten, denn als Sally sich auf den Weg zum Abendessen machte, sagte Herrin Brace zu ihr:

„Wenn Sie mit Ihrem Gesang etwas Gutes tun würden, wäre Meister Sutcliff hier gewesen und würde mir drei Schilling pro Semester dafür zahlen, dass ich Sie in seiner Gesangsschule unterstützen durfte. Ich habe ihm gesagt, dass ich Sie nicht umsonst leihen könnte." , also werden Ihre Abende jetzt alle bis auf Samstage in Anspruch genommen. Ich hoffe, das wird Sie zufriedenstellen."

„Mein Kleid passt nicht", sagte Sally.

„Dafür werde ich sorgen!" schnappte Herrin Cory Ann.

Und sie sorgt dafür, dass sie es tut. Denn am nächsten Tag ging sie zu Goodman Chatfields Laden und kaufte ein Stück blauen Leinenwollstoff, aus dem in ein oder zwei Tagen ein so schönes Kleid gefertigt wurde, dass Mistress Brace wünschte, sie hätte das grüne gekauft, was nicht so war hübsch, aber Goodman Chatfield hatte einen höheren Preis.

Und Meister Sutcliff wusste, dass er ein gutes Geschäft gemacht hatte, denn auch Sallys starke junge Stimme stimmte und führte bald tapfer den Chor der vielen Stimmen an. Und für die Magd selbst war es eine große Freude, so mit anderen zu singen und sich die Noten beizubringen, die sie bald lernte.

Eines Tages sah Mistress Brace Pfarrer Kendall erneut ihre Treppe hinaufsteigen und hieß ihn mit einem Knicks wie zuvor eintreten.

„Ich höre", sagte der Pfarrer, „dass Meister Sutcliff dir eine vierteljährliche Summe dafür zahlt, dass du dem jungen Mädchen, das in deiner Obhut ist, erlaubt, etwas in der Gesangsschule zu leiten."

„Ja", sagte Herrin Cory Ann, „ich konnte sie nicht umsonst singen lassen. Ich füttere sie, es sollte sicherlich etwas zurückgeben."

nur nachts , wenn ein Dienstmädchen in ihren zarten Jahren viel besser in ihrem Bett liegen sollte allein verwenden."

„Das werde ich", sagte Herrin Brace, „und noch mehr, denn ich kleide sie und ernähre sie."

„Aber nicht im Übermaß", beharrte der Pfarrer. „Ich habe das junge Mädchen gestern getroffen und ich glaube, sie trug keine Hosen."

„Sie hat Strümpfe", sagte Herrin Brace.

„Mehr als ein Paar?"

„Vielleicht nicht, Pfarrer."

„Dann muss sie noch mehr gehabt haben. Ich finde, dass ich einmal den Vater der Jungfrau getroffen habe, einen gut gekleideten, gut aussehenden Mann. Es verwirrt mich, dass so wenig für die Bedürfnisse seiner kleinen Tochter übrig geblieben sein soll. Er war ein Gentleman, dessen Ebenbild er nicht hat." ist aus meinem Gedächtnis verschwunden.

Es ärgerte Mistress Brace sehr, dass Pfarrer Kendall ein so scharfes Auge auf Maid Sally hatte. Und noch mehr beunruhigte es sie, dass er noch einmal über ihren Vater und die Art von Mann sprechen sollte, die er zu sein schien.

Aber von da an hatte Sally bessere Kleidung zum Anziehen und schämte sich nicht mehr, wenn sie zum Abendunterricht und zur Gesangsschule ging .

Und so kam der Frühling, der süße Frühling, und überall war Schönheit. Auf der Veranda von Ingleside erblühten das Geißblatt und die Kletterrosen in strahlendem Glanz. Die Vögel begannen, in den Magnolien und Weißglocken- Halesia -Bäumen zu nisten.

Strandläufer huschten am Wasser entlang, und die Bergstechpalme begann, ein neues Kleid anzuziehen. Überall lugten die rosafarbene Azalee oder Sumpfrosa, Veilchen, Butterblumen und alle möglichen Wiesenschönheiten hervor.

als so kluge Schülerin erwiesen, dass Mistress Kent sie gerne in ihre Klassen aufgenommen hätte, aber die stolzen Matronen aus Virginia, die ihre reich gekleideten Kinder auf die Schule der Damen schickten, hätten immer noch gedacht, dass Sally eine zu schlecht gekleidete kleine Magd wäre, um neben ihr zu sitzen ihre zierlichen kleinen Lieblinge.

Sally begann zu addieren, zu subtrahieren, zu dividieren und zu multiplizieren. Und als die Schule für den Sommer geschlossen wurde und Herrin Kent ihr eine einfache Geschichtslektüre lieh, war sie außer sich vor Freude, dass sie immer noch ein Buch in der Nähe haben würde .

Und so sehr es Sally auch hasste, ihren Unterricht für ein paar Monate aufzugeben, so sang ein Vogel in ihrem Herzen und sang ein Lied, für das sich die arme Sally halb schämte und das sie dennoch sehr, sehr glücklich machte. Denn im Juni, dem reichen, blumigen Singvogel-Juni, kam *er* nach Hause, ihr Feenprinz!

„Und jetzt kann ich alles, was er liest, viel besser verstehen", sagte sie zu ihrer Fee. Dann verstummte ihre frohe Stimme. „Aber ich kann nie, nie auf ihn zugehen", seufzte sie; „Es gibt noch einen Berg an Unterschieden zwischen uns."

„Du hast angefangen zu klettern", sagte ihre Fee.

„Ah, aber da sind die stolze Lady Rosamond Earlscourt und Lady Irene Westwood und so viele andere hochgeborene Mädchen seiner Art, alle so stolz, so wohlgeboren."

„Was wissen Sie über Ihre eigene Geburt?" fragte ihre Fee scharf. „Wie oft muss ich dich fragen?"

„Ich erinnere mich nur an die Flats und Slipside Row", sagte Sallys verlorene Stimme.

„Klettern Sie weiter", sagte ihre Fee. „Drängt dich nicht immer noch etwas in dir zum Klettern und Klettern?"

„Ja, ja", rief Sally, „und ich werde klettern!"

Und nachdem die Lernabende für eine Weile unterbrochen waren , ging Sally nach dem Abendessen wieder zu ihrem geliebten Sitz in Ingleside. Und Lady Lucretia Grandison und Lady Rosamond Earlscourt schlenderten oft zur Laube und unterhielten sich fröhlich, während sie mit ihren weißen Fingern die Stickerei hielten, an der sie ständig arbeiteten, wenn sie nicht lasen.

Viele der Schals, Umhänge oder wallenden Ärmel trugen sie selbst, um ihre schönen Hälse, Schultern und Arme zu schmücken.

Eines Abends, als Sally träumend auf den Steinen saß, hörte sie Rosamond Earlscourt sagen:

„Ich muss meinen Reitanzug auf Vordermann bringen, denn Cousin Lionel wird Hotspur besteigen wollen, sobald er wieder zu Hause ist, und ich , meine Lady Grace.“

Und Lucretia antwortete: „Lionel reitet am liebsten allein, wenn er auf Hotspurs Rücken sitzt. Erinnerst du dich nicht, dass er dachte, es machte Hotspur ungeduldig, ein anderes Pferd neben sich zu haben, und steigerte seinen Zorn? “

„Dann gibt es noch andere Pferde, die er reiten kann“, erwiderte Rosamond. „Meine schöne Lady Grace hat es satt, im Stall zu stehen, aber ich reite lieber nicht alleine oder nur mit einem Pferdepfleger als Gesellschaft.“

Diese Worte schienen etwas in Sallys Seele zu erwecken und sie weinte innerlich:

„Oh, warum könnte ich nicht eine ‚Lady Grace‘ haben, ein liebes Pferd für mich, auf dem ich durch das Land fliegen kann? Ich könnte reiten, ich weiß, dass ich es könnte, und oh, oh! Ich spüre es in mir, dass es schön ist Pferd, schöne Bücher, schöne Kleidung, ein schönes Haus, alles, alles, was ich in Ingleside oder Cloverlove sehe , würde in meine Seele passen!“

„Liebes Kind“, sagte ihre Fee mitleidig, „es ist schwer, nicht das zu haben, wonach das Herz schreit. Warum versuchst du nicht, mehr über dich selbst herauszufinden? Hast du Herrin Brace jemals über deinen Vater befragt, oder vielleicht geht es darum? deine Mutter, oder was weiß sie vielleicht über das Haus, aus dem sie kamen?“

Daran hatte Sally noch nie gedacht. Sie war jetzt zwölf Jahre alt, aber die drei Jahre, die sie in den Flats verbrachte, einem ziemlich elenden Ort, und jetzt fast vier Jahre in der Slipside Row, waren alles, woran sie sich deutlich erinnerte.

Nun hatte das Sehen und Hören dieser Menschen, die so weit über ihr standen, diesen Geist oder die Fee in ihr geweckt, der sie dazu veranlasste, über ein besseres Leben nachzudenken.

„Vielleicht hat Herrin Brace Dinge, die meinen Eltern gehörten und die mir gegeben werden sollten“, murmelte Sally.

„Warum fragst du sie das nicht auch?“ sagte die Fee.

„Es würde keinen Zweck haben“, seufzte das Mädchen.

KAPITEL XI.
ANGESICHT ZU ANGESICHT

Nur ein paar Tage später klopfte Goodman Kellar heftig an die Tür und verlangte, Herrin Brace sehen zu dürfen. Er hatte eine schöne Auswahl an Enteneiern zu verkaufen.

Sally war im Tierheim und reparierte, aber sie rief Mistress Brace aus ihrem Zimmer herunter. Dann begann eine lange Unterredung über die Eier und andere Produkte.

Dann machte Sally einen Auftrag in ihr winziges Zimmer, und als sie an der Tür von Herrin Cory Ann vorbeikam, sah sie, dass ein seltsamer kleiner Koffer, außen ganz behaart und mit Reihen großer Messingnägel an den Rändern, offen daneben stand das Bett.

Sally hatte den kleinen Koffer oft gesehen, der immer fest verschlossen unter Mistress Brace's Bett stand. Sie muss einen großen Fehler gemacht haben, als sie es offen gelassen hat, dachte Sally.

Einen Moment lang hatte sie das Gefühl, dass es nicht ganz richtig wäre, einen Blick in den Kofferraum zu werfen.

„Das scheint nicht richtig zu sein", sagte die Fee.

„Ich werde nur einen Blick darauf werfen", antwortete Sally.

Sie hatte solche Angst, dass die gute Fee versuchen könnte, sie aufzuhalten, dass sie zum Bett eilte und sich bückte.

Ah, was für ein zarter, geschmackvoller Musselinumhang war zusammengefaltet! Und in einer Ecke waren Buchstaben. Sally buchstabierte sie und dachte, sie machten sich einen Namen, aber wenn ja, dann war es ein seltsamer. Da lag ein Brief.

"Oh nein nein!" schrie die Fee, als Sally es in ihre Hände nahm.

„Ich werde nur einen winzigen Blick ertragen, gute Fee", sagte Sally, „aber ich habe das Gefühl, dass es für mich besser wäre, einige Dinge zu sehen, von denen man mir nie erzählen wird."

Aber der Brief brachte Maid Sally kein Licht. Erst gegen Ende las sie: „Ich habe mein Bestes gegeben, aber meine Gesundheit verschlechtert sich. Sollte ich nicht überleben, wird es etwas für den geben, den ich verlasse." Dann war da ganz am Ende wieder dieser seltsame Name, derselbe, der auf dem Umhang stand. Sally buchstabierte es immer wieder, nur weil es so merkwürdig war.

Goodman Kellar entfernte sich und Sally rannte leise in ihr Zimmer.

„So ein seltsames Durcheinander von Buchstaben", sagte sie sich, immer noch amüsiert über den Namen, den Sally, wenn es wirklich ein Name gewesen wäre, nicht hätte aussprechen können. Sie gruppierten sich immer noch in ihrem Kopf.

„Bring sie zu Papier", sagte ihre Fee.

„Das werde ich", rief die fröhliche Magd und stach mit einer Nadel die Buchstaben auf ein Blatt Papier. Dies legte sie in eine Kiste, in der sie ein paar Kinderschätze aufbewahrte, von denen keiner viel wert war.

Dann kam ein weiterer großartiger Tag, von dem Sally alles wusste. Sie hatte im Laden davon gehört, und die Angestellten hatten es erwähnt.

Die „*Belle Virgeen*" näherte sich dem Kai – sie nannten ihn „ Kee " – und eine fröhliche Gesellschaft sollte sich treffen und auf dem Grün in Ingleside ein feines Abendessen servieren, nachdem das stolze Schiff angekommen war und seine Fee zurückgebracht hatte Prinz.

Sally hatte beschlossen, nicht an die Hecke zu gehen, wenn das Abendessen serviert werden sollte. Sie würde in der Nähe des Kais sein, wenn das Schiff ankam, und vielleicht einen Blick auf ihren Feenprinzen werfen, aber irgendetwas hielt sie davon ab, an diesem Abend in Ingleside etwas zu sehen oder zu hören.

„Ich bin jetzt zwölf Jahre alt", sagte sie sich.

Ein ordentlich gekleidetes Kind sah gespannt zu, wie die *Belle Virgeen* langsam hereinsegelte. Mützen flogen in die Luft, alte Strohmützen flogen hoch in die Luft, und Schreie und Jubelrufe erklangen, als starke Taue das Schiff am Kai festhielten.

Was! War dieser große junge Mann der Feenprinz? Er war groß, als er wegging, aber jetzt, mit siebzehn Jahren, sah er fast wie ein Mann aus, als er an Land ging und sofort von freudigen, liebevollen Händen ergriffen wurde.

Wieder war Lady Gabrielle nicht in der Menge. Sie würde ihren Jungen im Seniorenheim begrüßen, aber auch andere aus dem Ingleside-Haushalt waren vor Ort, um ihn willkommen zu heißen.

Und nach ein paar Augenblicken hinkte eine rollende Gestalt vorwärts, und Lionel hielt Mammy Leezers dunkle Hände und blickte ihr lächelnd ins Gesicht, während sie erzählte, wie „einsam" sie ohne ihr „ Baby " gewesen sei.

Das Dienstmädchen Sally wusste nicht, wie sie selbst im vergangenen Jahr gewachsen war. Ihr prächtiges Haar war in flauschige Ordnung gebracht worden, das war alles, was wirklich nötig war. Ihr Gesicht war etwas voller und die Grübchen in ihren braunen Wangen waren tiefer. Ihr Kinn wurde zu einer feineren Kurve, und die Spalte wurde ausgeprägter. Ihre Augen waren wie Sterne und ihre Zähne perfekt.

Dame Maria Kent hatte ihr eines Tages eine kleine Bürste geschenkt und ihr gesagt, sie solle sie jeden Tag zur Quelle bringen und damit ihre Zähne putzen. Und Sally war überrascht, was eine kleine Bürste und sauberes Wasser für die Zähne einer Jungfrau bewirken würden. Und Sally vergaß keine nützliche Lektion, die sie einmal gelernt hatte.

Das Dienstmädchen veränderte sich in gewisser Weise. Sie scheute sich immer mehr davor, von denen gesehen zu werden, die ihrer Meinung nach über ihr standen. Es war genauso eine große Freude, einen Blick auf ihren Traumprinzen zu erhaschen wie jemals zuvor, aber sie würde lieber weglaufen oder sich irgendwo verstecken, als das Risiko einzugehen, ihn zu treffen oder dass er sie wirklich sieht.

Eines schönen Morgens war sie zu den Kiefern gegangen, ihre geliebte Geschichte in den Händen. Hinter den anderen Bäumen und auf der anderen Seite dessen, was zu einem Waldweg geworden war, stand eine seltsam knorrige Eiche, die ein einzelner Baum dieser Art war. Und nicht weit oben befand sich ein vollständiger Sitzplatz, der durch die Kreuzung zweier großer Äste entstanden war. Aber das Laub war so dicht, dass die flinke Sally sich völlig verstecken konnte, während sie ihre Geschichte auswendig lernte.

Sie wiederholte noch einmal mit der gewohnten Freude alles über die Entdeckung Amerikas, als Stimmen und Hufschläge an ihr Ohr drangen. Und sie saß wie ein Bild da, während Lionel Grandison und Rosamond Earlscourt entlang galoppierten, ihre Augen leuchteten vor Anstrengung und die Pferde warfen ihre feinen Mähnen hin und her, als würden sie das fröhliche Rennen genauso genießen wie ihre Reiter.

„Wenn Stimmen und Hufschläge an ihr Ohr schlugen."

Wie großartig und männlich sah ihr Prinz auf seinem hohen Reittier aus; Dennoch erkannte sie auf den ersten Blick, dass er nicht auf Hotspur ritt. Und ach, wie stolz und gutaussehend die junge Lady Rosamond aussah, als sie mit wehenden Locken unter ihrem hohen, spitzen Hut die Lady Grace mit stattlicher Miene saß und sie mit festem, aber leichtem Zügel hielt. Aber ihr schönes Gesicht war ihrer großen Cousine lächelnd zugewandt.

„Sie liebt ihn", sagte Sally, „sie liebt ihn, und was für ein Wunder wäre es, wenn sie es nicht täte! Ihr eigenes Gesicht ist hübsch, wirklich dazu geeignet,

geliebt zu werden. Und wie schön sie reitet. Wäre ich ein Mädchen ? "
Qualität, wie gerne und schnell würde ich auf den Rücken eines guten Pferdes
springen und davon, und davon! Ah, ich sage es noch einmal, ich würde es
lieben, ich weiß."

Sie saß träumend den beiden Gestalten hinterher, als sie davonritten, und ihr
junges Herz schwoll vor Bewunderung für sie beide an. Irgendwo tief in ihrer
Seele spürte sie einen kleinen Schmerz, als das gewinnende Paar über die
ferne, düstere Straße raste. Sie war zu jung, um genau zu wissen, was der
Idiot bedeutete, aber ihre gute Fee war zur Hand.

„Zurück zu deinem Buch, Maid Sally", hieß es darin, „und sitze nicht da und
starre an einem Sommermorgen denen hinterher, die reiten können, und
wünsche dir in deinem albernen jungen Herzen, dass auch du reiten könntest.
Vielleicht bist du an der Reihe; wer weiß?"

„Es war nicht ganz so, dass ich auch mitfahren könnte", antwortete Sally, „es
war – alles."

„Ja, ich weiß", sagte die Fee. „Du greifst schnell nach dem, was über dich
hinausgeht. Das ist nicht verwunderlich. Aber behalte dein Studium und
deinen Gesang bei; gute Dinge kommen langsam zu den Armen, aber
wohlgemerkt – sie können kommen!"

„Gute Fee, du machst mir immer Mut", rief Sally und wandte sich wieder
ihrem Buch zu.

Aber sie vergaß nicht das stolze und glückliche Gesicht, das Lady Rosamond
Earlscourt dem Feenprinzen zuwandte.

Dann kam ein weiterer Tag, an den man sich noch lange erinnern wird, der
in Sallys tiefstem Herzen verborgen und dort festgehalten werden sollte.

Der Morgen brach so kühl und süß an, dass Herrin Cory Ann vorhatte, in
die Stadt zu gehen und Fleisch und andere Dinge zu kaufen, die für mehrere
Tage reichen würden. Butter und Fleisch können auf der Ablage in der Mulde
abgelegt werden, ohne Angst zu haben, dass sie verderben.

Nachdem sie ihre Morgenarbeit geschickt erledigt hatte, wusste Sally, dass sie
ein paar Stunden frei haben konnte. Die Männer waren weit weg zur Arbeit
gegangen und hatten ihr Abendessen mitgenommen, und es würde weit nach
Mittag dauern, bis Mistress Cory Ann zurückkommen würde.

Sally hatte aus sehr jugendlicher Herzensfreude und Lebensfreude den
Wunsch, sich zu erholen, bevor sie mit ihrem Buch zu dem sehr genossenen
Platz in der großen Eiche ging.

Also ging sie in den Aufbewahrungsraum, und als sie vor dem an der Wand
hängenden Spiegel stand, steckte sie inmitten ihrer Matte aus rötlich-

goldenen Locken Büschel weißer Erdbeerblüten, sternenklarer Hartriegelblüten und ein oder zwei weiße Rosen fest.

Einige Zeit zuvor hatte Herrin Brace in der Packung eines Händlers ein anständiges Stück weißen Rasen gesehen, und da es das billigste Stück war, das er hatte, um ein hübsches Kleid für den Sonntagsanzug zu ergeben, kaufte sie es für Sally.

Die Jungfrau sang jetzt im Chor eines Sonntags, und wegen des scharfen Auges des Pfarrers musste sie scheinbar gekleidet sein. Aber das Kleid war schmutzig und musste bald wieder gemacht werden. Also zog Sally es aus Spaß an und steckte an Brust und Taille große Sträuße aus Butterblumen, Daffy-Down-Dillies und Zweigen frischer grüner Blätter fest. Dann machte sie sich auf den Weg zum Kiefernwald und zur Eiche.

Die Süße, der Sonnenschein und die Melodie um sie herum bezauberten sie eine Zeit lang so sehr, dass das Buch einmal untätig in ihrem Schoß lag.

„Das Leben ist schön", murmelte sie.

„Ja, das Leben ist schön!" wiederholte ihre Fee; „Es ist nur richtig, dass die Jugend Freude daran hat."

„Ich bin heute so froh", sagte Maid Sally, „ich würde mich immer so fühlen."

„Du lernst", sagte die Fee, „und das Leben wird für dich von Tag zu Tag voller."

„Ja, das Leben wird von Tag zu Tag voller", sagte Maid Sally.

Schließlich nahm sie ihr Buch zur Hand . Die Sonne wurde sehr heiß, aber es wehte eine kühle Brise, und das Mädchen im Baum las ununterbrochen, als wieder das Geräusch fliegender Hufe zu hören war. Sie kamen viel zu schnell. Ein wahrhaft dämonisches Pferd raste über die Straße, seine Mähne flog, sein Schweif war ausgestreckt und sein Körper berührte fast den Boden. Der Reiter war in dem wilden Wirbelsturm des verängstigten Tieres nicht zu erkennen.

Es war in einem Moment alles vorbei. Hotspur rannte in den Wald, prallte in seiner Blindheit gegen eine Kiefer, und im selben Moment sprang sein Reiter von seinem Rücken, da er eine Chance sah, abzusteigen. Doch bevor er den Boden erreichen konnte, sprang das Pferd gerade noch rechtzeitig auf, da es dem Baum so nahe war, und schleuderte seinen jungen Herrn zurück an die Kante des Sattels, von dem er mit solcher Wucht fiel, dass er bewusstlos auf dem Boden lag Das blonde Haar wehte zurück, die blauen Augen waren geschlossen, während der große Jäger donnernd seinen Weg machte.

Sally schrie weder auf, noch fehlte es ihr an Mut. Der feinere Teil ihres Wesens kam ihr zu Hilfe, wie er es immer tun wird, wo er nur existiert, und sie verspürte den Nervenkitzel des Mutes, der sehr wertvoll ist, wenn schnelles Handeln erforderlich ist.

Als sie vom Baum glitt, ging ihr der Gedanke durch den Kopf:

„Wenn er getötet wird, muss ich sofort zum großen Haus gehen und erzählen, was ich gesehen habe. Wenn er nur betäubt ist, muss ich tun, was ich kann, um ihm zu helfen."

Sie beugte sich vor und konnte sehen, dass er atmete. Wie ein Blitz schoss sie zum Haus, holte eine Schöpfkelle und füllte sie aus dem Wassereimer. Dann raste sie zurück und badete mit zitternden Händen Stirn und Gesicht und ließ Wasserspritzer auf die geöffneten Lippen fallen. Dann rieb sie seine Hände und besprenkelte erneut seine Stirn.

Es dauerte nicht lange, bis sich die Augen öffneten und verträumt auf das Dienstmädchen gerichtet waren. Aber keiner sprach. Die Augen blieben offen und begannen ein wenig zu wandern . Sally sah, dass die Rede gleich kommen würde.

Aber in diesem Moment hallte das Geräusch eiliger Hufe in der Ferne wider, mehrere, wie es schien, und wie ein erschrockenes Reh drehte sich Sally um, und vor Bill stürmten der Stallknecht, Corniel und Sam Spruce zu der Stelle, wo ihre Jungen lagen Meister, sie keuchte auf ihrem Sitz in der Eiche.

KAPITEL XII.
WER WAR SIE?

Die farbigen Diener hatten starke Likörgetränke dabei, die Lionel bald zu sich selbst brachten.

Es waren keine Knochen gebrochen, aber er war lahm und hatte blaue Flecken, und es dauerte einige Zeit, bis er das sanfte Tier besteigen konnte, auf dem Sam Spruce geritten war, um ihn zu finden. Sally erkannte sofort, dass es Lord Rollin war, das Pferd, das Lionel benutzt hatte, als er mit seiner Cousine Rosamond geritten war.

Hotspur war nach einem wilden Galopp ohne Reiter mit baumelnden Steigbügeln und schiefem Sattel zum Stall zurückgerannt. Dies hatte die Männer in großer Eile losgeschickt, um herauszufinden, was passiert war.

Sobald Lionel sich einigermaßen erholt hatte, schaute er sich um.

„Wo ist das wunderschöne Geschöpf, das mir Wasser gegeben hat?" er hat gefragt.

„Niemand hat dir Wasser gegeben, Mars' Li'nel ", sagte der redegewandte Sam Spruce. „Wir haben einen Kräuterlikör geholt, der dich dazu gebracht hat."

„Ja, ja, das weiß ich", antwortete Lionel, „aber wer war das schöne Wesen ganz in Weiß, mit Haaren wie die Sonne, Augen wie Sterne, Lippen wie Kirschen und überall von Blumen umgeben?"

Sam sah zu Corniel hinüber , zwinkerte und berührte seine Stirn.

Lionel bemerkte die Geste.

„Oh, nichts davon!" er sagte; „Mein Kopf wandert nicht. Sie kam vor dir, irgendein bezauberndes kleines Ding, das sage ich dir, das war alles Helligkeit und Blumen."

„Wir haben niemanden gesehen, Marslöwe", begann Corniel ; „Du warst ganz allein, als wir hochkamen . Wenn sonst noch jemand da gewesen wäre , hätten sie es nicht geschafft, sie zu sehen . "

„Na ja, egal", sagte der junge Meister, „wenn keiner von euch jemanden gesehen hat, hat es keinen Sinn zu reden, aber ich weiß, was ich gesehen habe, und mein Kopf war auch nicht leicht oder flüchtig."

Die gut ausgebildeten Diener antworteten nicht, aber Bill, der Stallknecht, der hinter Lionel stand, verdrehte auf so lustige Weise die Augen und berührte gleichzeitig seinen eigenen Wollkrone, dass Sam Spruce sein Kichern nur durch ein lautes Husten unterbrach .

Aber er täuschte seinen klugen jungen Herrn nicht.

„Oh, ihr könnt grinsen und Augen schminken, so viel ihr wollt", sagte er gutmütig, „aber ich wurde nicht auf einmal verrückt, und eines Tages werdet ihr vielleicht herausfinden, dass ich genau das gesehen habe, was ich gesehen habe." Sagen Sie, ich hätte es getan. Jetzt bringen Sie mich so schnell wie möglich nach Hause.

Sie halfen ihm, den stolzen, aber stetigen Lord Rollin zu besteigen, und einen Augenblick später ritten drei von ihnen davon und ließen Sam Spruce zurück.

Allein gelassen schaute Sam sich gründlich um, und Sally, die sie reden gesehen hatte, aber nicht hören konnte, was gesagt wurde, fürchtete, er könnte sie in den Zweigen der Eiche entdecken; Aber Sam, der in andere Richtungen schaute, blickte nicht auf, und schließlich bewegte er sich wissend mit dem Kopf und entfernte sich, sehr zu Sallys Erleichterung.

Den ganzen Rest des Tages befand sich das Dienstmädchen in einer Art Traum und war, ohne es genau zu wissen, sehr glücklich. Kurz vor Mittag kehrte sie ins Haus zurück und ging direkt zum Spiegel im Wirtschaftsraum und sagte ohne Eitelkeit, aber mit beträchtlicher Neugier:

„Ich frage mich, ob ich überhaupt fair bin?" Und als der Spiegel das Bild einer sicherlich sehr angenehm anzusehenden Jungfrau zurückwarf, kicherte sie:

„Das ist mir egal, ich bin sehr froh, dass ich, als ich den Feenprinzen zum ersten Mal berührte und ihm direkt in die Augen sah, mein bestes Gewand trug und auch Blumen trug. Ich frage mich, ob das irgendetwas bedeutete?"

„Was soll es bedeuten?" fragte die treue Fee.

„Herrin Cory Ann könnte sagen, dass es ein gutes Zeichen war", sagte Sally.

„Seien Sie nicht albern und achten Sie auf Zeichen und Omen!" rief die Fee. „Sie haben keine Bedeutung, außer für einfache Seelen, die nichts Besseres wissen, als sie zu erfinden. Weise Menschen und Zeichen haben nichts miteinander zu tun."

Trotzdem war Sally glücklich. Sie war froh, dass sie in weißem Gewand, mit Blumen und inmitten von Sonnenschein und Vogelgezwitscher ihrem Feenprinzen zum ersten Mal von Angesicht zu Angesicht begegnet war.

„Aber er war verletzt", erinnerte die Fee.

„Nicht schlecht", lächelte Maid Sally gelassen. „Er erlangte bald ein wenig Aufmerksamkeit."

An diesem Abend schlenderte Sally zu ihrem Platz in der Hecke und hoffte und wünschte, sie könnte etwas von der Lektüre hören, die sie schon immer fasziniert hatte. Aber sie saß lange da, bevor jemand zur Laube kam. Die blassen Sterne erschienen am azurblauen Himmel, und tatsächlich hielt das Mädchen ein ruhiges Nickerchen, bevor ein Geräusch die Stille des schönen Abends durchbrach.

Dann hielt die Familienkutsche vor dem Tor, und eine fröhliche Gesellschaft stieg aus. Daran wusste Sally, dass irgendwo eine Abendessenparty stattgefunden hatte und dass die jungen Leute verreist waren.

eine Weile zur Laube schlendern ?

Ah, sie kamen vorbei. Sie wünschte, sie könnte einen Blick auf sie in ihrer feinen Kleidung werfen, aber nein, es wäre nicht angebracht, es zu versuchen, und außerdem konnte sie sie jetzt nicht mehr so deutlich sehen. Schon bald hörte sie Lucretia sagen:

„Ich sah, wie sich helle Brauen zu einem Stirnrunzeln verzogen, als sich herausstellte, dass du heute Abend zu lahm zum Tanzen warst, mein Bruder.“

„Ah, aber ich hatte großes Glück, dass ich heute Abend überhaupt ausgehen konnte, nach dem harten Herbst an diesem Morgen“, rief Lionel. „Hotspur hat keinen sanften Sturz mehr, wenn sein Blut erst einmal aufgebraucht ist.“

„Hat er dich schon einmal geworfen?“ fragte Lady Rosamond.

„Nein, er hat mich heute auch nicht wirklich verlassen“, antwortete Lionel. „Ich hatte den Sattel aus freien Stücken verlassen, aber durch einen seltsamen Sprung warf mich Hotspur fast wieder hoch und schlug mich dann wie ein Irrlicht gegen einen Baum. Der schwere Sturz machte mich sprachlos.“

„Und Sam glaubte, dass du geneigt warst, in deiner Rede abzuschweifen, nachdem die Männer dich gefunden hatten“, bemerkte Rosamond.

„Was völlig unwahr ist!“ rief Lionel mit etwas Wärme aus. Dann fügte er in sanfterem Ton hinzu:

„Ich würde gerne wissen, wer das hübsche Dienstmädchen war, das sich über mich beugte und mir kühlende Wassertropfen gab und mein Gesicht und meine Stirn badete.“

„Glaubst du wirklich, dass es so einen Menschen gab, Bruder?“ fragte Lucretia.

„Es ist genauso wahr, dass ich in diesem Moment hier sitze! Ob eine Waldfee oder eine Waldnymphe, kann ich nicht sagen, aber ein herzhaftes Geschöpf, ganz in Weiß, bis auf Blumen in den hellsten Farben, tropfte mir Wasser in den Mund und spülte meine Hitze aus." Braue."

„Die anderen Diener dachten, du seist leicht umhergeirrt", wagte Rosamond erneut, „und da niemand in Sicht war, als sie heraufritten, wo konnte deine Nymphe oder Fee so schnell verschwunden sein? War sie erst einen Moment zuvor bei dir?"

„Nur einen Augenblick zuvor, meine Cousine. Aber ich werde niemals der Vorstellung nachgeben, dass ich umhergeirrt bin oder dass meine Augen mich hinsichtlich der Vision, auf der sie beruhten, getäuscht haben. Eines Tages hoffe ich, meine liebe Fee wiederzusehen, und wenn ich es tue , ich werde sie kennen lernen.

Sally hielt vor Verzückung den Atem an. Ach, wie seltsam, wie süß seltsam! *Er*, ihr Feenprinz, hatte sie *seine* liebe Fee genannt! Könnte es sein? Ja, es war wahr, wahr!

„Aber denken Sie daran, er weiß nichts von Ihnen", kam die traurige Stimme, die sie immer im Zaum hielt.

„Sorge dafür", rief ihre fröhliche Fee, „dass es nichts gibt, wofür er sich schämen müsste, sollte er dich jemals sehen und kennen."

„Ich werde es versuchen", sagte Dienstmädchen Sally.

Aber wenn Sally zuvor darauf geachtet hatte, dass der Feenprinz sie nicht sah, war sie jetzt doppelt unwillig, dass er einen Blick auf sie erhaschen würde.

Und es bestand keine große Gefahr, außer sonntags, wenn er bei einer Versammlung erschien. Aber Sally schaffte es, hinter der Person vor ihr zu stehen, so dass der junge Herr aus Ingleside keinen Blick auf ihr Gesicht bekam, als sich die Gemeinde beim letzten Gesang umdrehte und zum Chor blickte.

Aber unter ihrem breitkrempigen Hut ist es fraglich, ob Sallys Gesichtszüge ihn an die Nymphe des Kiefernwaldes erinnert hätten. Und das Dienstmädchen Sally war so vorsichtig, dass ihr Feenprinz während des restlichen Urlaubs keinen weiteren Blick auf sie richtete.

Und nur selten begab sich die vorsichtige Magd auf den geliebten Sitzplatz zwischen Hecke und Mauer. Von ihrem Fenster aus sah sie Lionel mehr als einmal auf Hotspurs Rücken vorbeifliegen, denn der Junge aus dem Süden ritt, als wäre er von Natur aus die schnellen, edlen Pferde, die man immer in den Ställen findet.

Dann machten Gruppen junger Leute Picknicks und fuhren in Wagen durch den Wald; oder es bildeten sich Reitgruppen, bei denen Hotspur zu Hause gelassen wurde, während Lord Rollin, Lady Grace und andere schöne Pferde junge Männer und Jungfrauen zur Scheinjagd oder auf den langen, windigen Ritt trugen.

Und dann kam wieder ein schöner Septembertag, als Sally zum Kai ging und immer wieder mit dem „Feenprinzen" segelte, um sich wieder seinen Studien und den Büchern zu widmen, die ihn für das vor ihm liegende Leben und die Tage, die vor ihm lagen, gebrauchen sollten kommen.

Und zurück ging Maid Sally zu Mistress Kent, mit dem Hauptteil ihrer „Geschichte Amerikas" und der Gründung der Kolonien, sicher in den Gedankenzellen unter ihrem rotgoldenen Haar untergebracht.

Und obwohl Ingleside nach der Abreise seines einzigen Sohnes verlassen schien, blieb der alte Charme in seinem Zuhause bestehen.

An einem Samstagabend Ende Oktober schlenderte Sally zu der bekannten Plantage. Bill kämmte und rieb die Pferde, Hotspur, Lord Rollin, Springer, Lady Grace und Crazy Jim.

Sally kannte sie alle und konnte ein halbes Dutzend von ihnen beim Namen nennen. Es erfüllte ihr kleines junges Herz mit einem Stich des Bedauerns, als sie die Tiere sah, die die Hand ihres jungen Herrn an den Zügeln für fast ein Jahr nicht mehr spüren würden.

Etwas weiter spielte Sam Spruce auf einem Banjo und trollte in süßem Tenor ein altes Plantagenlied.

Alles schien angenehm und doch auch von Traurigkeit geprägt, denn alles erinnerte sie an den abwesenden Prinzen. Nicht viele Kinder verfügen über eine so tiefe Vorstellungskraft wie Maid Sally. Aber im Winter wurde sie dreizehn, ihr Herz war sehr liebevoll und sehnsüchtig, und sie war fast allein auf der Welt, denn die Kinder, die manchmal in der Slipside Row vorbeikamen, waren keine Gefährten für sie oder solche, die sie sich wünschen konnte.

Und in dieser schönen, verträumten Nacht schlenderte sie immer weiter, bis sie sich Mammy Leezer näherte , die flach im Gras saß und so schnell sie konnte mit sich selbst redete. Sie hatte Sally den Rücken zugewandt und in der zunehmenden Dämmerung würde sie das einsame Kind wahrscheinlich nicht sehen.

Mammys Pfeife hielt sie in der Hand, und alle ein oder zwei Minuten blieb sie stehen und atmete tief ein, sodass eine Rauchwolke über ihrem Kopf aufstieg. Sally konnte deutlich hören, was sie sagte, und wie immer war der Klang ihrer süßen Stimme beruhigend.

„Nein", sagte sie, „ich mag es überhaupt nicht , wenn ich sehe , wie mein junger Marslöwe nach Inglan fliegt und allerlei Gerede über Kriege und Kriegsgerüchte hört . Was denn? Chile hat etwas mit Technik zu tun, würde ich gerne wissen? Gott sei Dank, das ist es nicht, aber ja, ich trabe auf meinem alten Knie zuerst nach Bosting, dann nach Lynn, dann nach Salum und wieder nach Hause ! Und Lorr, der Hammer! wie dat Der kleine Trollop kreischt und schreit, als ich ihn auf meinen großen Schuh ziehe und das Trip-Lied singe!"

Mammy blieb stehen, hielt ihre Pfeife in einer Hand, die auf ihrem Knie ruhte, und wedelte sanft mit einem Fuß, begann sie in einem langsamen, verträumten Singsang:

„Trip-a-trop-a-tronjes, De-vorkens-in-de-boonjes, De-koejes-in-de-klaver, De-Paarden-in-de-haver, De-eenjes-in-de-waterplass , So- Pop!- mein-lil-pick'ninny-goes!"

„ Lorr , Lorr ! Ich kann den armen kleinen Affen jetzt hören , er ist fertig mit dem Würgen , als seine alte Mama ihn auf ihren Schoß wirft ."

Aber Mammys Selbstgespräch wurde unsanft unterbrochen. Hotspur raste über den Rasen, Bill war ihm dicht auf den Fersen.

„Horror unter Hemlocks!" schrie Mammy, als das wilde Pferd in absolut sicherer Entfernung vorbeiraste und dann aus eigenem Antrieb zurück zum Stallhof tänzelte.

Up holte Mammy und trottete davon. Und zurück zur Slipside Row ging Sally, lachte über Mammys seltsame Angst, war aber dankbar genug, dass sie nur Angst hatte und nicht verletzt war.

KAPITEL XIII.
2 JAHRE

Da ein weiterer Sommer bevorstand, gab es Gründe, warum Sir Percival Grandison es nicht für das Beste hielt, seinen Sohn Lionel nach Hause zu bringen.

Tatsächlich brauten sich unruhige Zeiten zusammen, und er wollte nicht, dass sein begeisterter Sohn die Berichte hörte, die von Mund zu Mund und von Ort zu Ort gingen.

Und als der nächste Dezember kam , war er froh, dass der Junge weg war, denn in Boston waren Männer, die wie Indianer bemalt und gefiedert waren, nachts an Bord einiger beladener Schiffe gegangen, die im Hafen lagen, und hatten fast zweihundertfünfzig Kisten Tee in den Hafen geworfen Wasser.

Denn England war verpflichtet, den Menschen in den Kolonien Steuern für Tee zu zahlen, die über das hinausgingen, was sie zu ertragen bereit waren. Und die Kolonisten waren sehr geduldig gewesen. Acht Jahre zuvor hatte ihnen das Mutterland ein Stempelgesetz auferlegt, das sie dazu zwingen sollte, alle ihre juristischen Dokumente, Zeitungen und dergleichen mit einem Stempel zu versehen.

Aber das hatte die Bevölkerung der Kolonien so sehr verärgert, dass das Gesetz aufgehoben wurde.

So seltsam es auch klingen mag, es gab dennoch einige Leute, die nicht ganz wussten, ob es richtig war, aufzustehen und zu sagen, dass England Unrecht hatte und dass sie nicht auf seiner Seite bleiben würden, oder ob sie dachten, dass sie es tun sollten gehorchte dem König in allem, nur weil er der König war, und es erschien ihm falsch, sich von seiner Herrschaft zu lösen.

Und Sir Percival Grandison, wirklich ein feiner, edler Herr, konnte sich kaum entscheiden, was in der wichtigen Frage völlig richtig oder falsch war.

Sally war mittlerweile so sehr eine Schülerin, dass ihren Büchern und ihrer schnellen Art zu lernen scheinbar nichts mehr im Wege stehen konnte. Sie verstand alles über die Schwierigkeiten mit England, und es gab keine entschiedenere, treuere kleine amerikanische Patriotin als sie.

Sie wissen, dass ein Patriot jemand ist, der sein eigenes Land sehr liebt, und Sally war eine echte, überzeugte junge Kolonistin. Und Mistress Kent lauschte überrascht einigen Dingen, die sie in diesem Winter sagte, und wunderte sich, dass ein einfaches Kind seinen eigenen Verstand so gut kennen sollte.

„Ich nehme an", sagte sie eines Tages, „dass wir den König lieben und ihm gehorchen sollten. Aber hier sind wir ganz allein in einem anderen Land, wo die Menschen ihre eigenen Häuser und ihre eigenen Felder und Ländereien haben." . Und warum sollten sie uns in England immer härter besteuern wollen, wenn wir ihnen überhaupt nichts schulden und nichts von ihnen verlangen? *Ich* würde solche ungerechtfertigten Forderungen nicht bezahlen!"

Herrin Kent war schüchtern und beobachtete ihre Rede aufmerksam und konnte das laute Kind nur warnen, selbst vorsichtig zu sein.

„Die Zeiten sind heiß und voller Bedrohungen", sagte sie, „man befürchtet, dass es bald zu Kämpfen kommen könnte; es wäre besser, auf unsere Worte zu achten."

Und Sally versuchte, umsichtig zu sein, auch wenn es sie auf die Probe stellte, wenn Herrin Cory Ann ihre Stimme erhob und erklärte, dass Leute Dummköpfe seien, die es für das Beste hielten, sich dem König zu widersetzen. Aber sie sagte diese Dinge am häufigsten, wenn die Männer weg waren.

Und Sally empfand großen Trost und Freude in ihrem Unterricht, der von Zeit zu Zeit zunahm. Sie sang auch im Chor und in der Gesangsschule, sehr zur Hilfe und Zufriedenheit von Meister Sutcliff.

Eines Tages hob sie auf der Straße einen Teil einer Zeitung auf und stellte zu ihrer Überraschung fest, dass sie kein Wort davon lesen konnte.

Das war spät im Herbst, nachdem ihr Feenprinz erneut auf dem Weg nach Oxford und seinen Lehrsälen gewesen war. Und mit der Zeit verschwand nicht ein Teil des verträumten, märchenhaften Charmes, der den jungen Lionel umgab, aus ihrem Herzen. Wenn überhaupt, wurde es stärker. Es war auch nicht verwunderlich, dass das einsame Kind trotz seiner fantasievollen Natur eine Art Traumschloss errichten musste, von dem sich sein Geist nähren konnte.

Doch alles war so rein und unschuldig, wie es nur sein konnte, und wenn es nicht real war, war es dennoch hilfreich. Und wenn in ihrem Herzen eine Art Zuneigung zu ihrem Feenprinzen gewachsen war, der in vielerlei Hinsicht so weit von ihr entfernt war, hatte sie das Gefühl, dass diese immer genau dort bleiben musste, wo sie war, in Wahrheit eine heimliche Bewunderung für jemanden, der weit darüber hinausging ihr.

„Weil", sagte sie sich, „wir Ozeane voneinander entfernt sind, nicht nur, weil das große Meer zwischen uns rollt, sondern weil er in jeder Hinsicht so weit weg ist."

An diesem Tag, als das seltsame Papier in ihre Hände fiel, ging Sally langsam voran und grübelte über die Worte, bis sie ausrief:

„Oh, ich weiß, was es bedeutet ! Das Papier ist in einer anderen Sprache und ich würde es gerne verstehen! Ich muss es lernen, wenn ich jemanden finden kann, der es mir beibringt, ich muss, ich muss!"

Als sie abends zu Herrin Kent ging , nahm sie das Laken mit.

„Ja, es ist eine Seite einer französischen Zeitung", sagte die Herrin, „und obwohl ich viele der Wörter verstehen kann, habe ich nicht genug Kenntnisse der fremden Sprache, um daran zu denken, sie zu lehren."

Ein neuer Ehrgeiz oder ein sehnsüchtiges Verlangen sprang in Sallys Herz.

„Und gibt es niemanden, der es mir beibringen könnte?" Sie fragte.

„Vielleicht gibt es viele, die das könnten", antwortete der Lehrer, „aber es wurde immer als schwierig angesehen, eine andere Sprache zu lernen. Pfarrer Kendall verfügt über umfangreiche Kenntnisse in Latein, Griechisch und manche sagen auch Französisch sich selbst zu vermitteln und einem anderen Wissen zu vermitteln oder weiterzugeben, sind zwei verschiedene Dinge. Es braucht einen Professor oder einen Lehrer, der sich in anderen Sprachen gut auskennt, um sie richtig zu unterrichten."

Ein weiterer Gedanke kam Sally in den Sinn.

„Mein Feenprinz wird diese anderen Sprachen lernen, warum kann ich nicht? Das werde ich! Es muss einen Weg geben. Ich bin arm, aber ich kann lernen."

Herrin Kent versprach Sally dann, dass sie ein weiteres Jahr, wenn sie vierzehn wäre, mit dem Lateinunterricht beginnen sollte, wenn sie ihr Studium so fortsetzte wie bisher. Es bestand keine Gefahr, dass Sally das Versprechen vergessen würde.

An diesem Abend machte sie sich klugerweise daran, Pläne zu schmieden und zu fragen, wie sie es schaffen könnte, mit dem Französischlernen zu beginnen. Ihre beiden freien Nachmittage verbrachte sie immer noch mit Dame Kent, der Mutter ihrer guten Lehrerin. Die Abende, außer Samstag, waren dem Unterricht und der Gesangsschule vorbehalten. Welche Zeit gab es für etwas anderes?

„Trotzdem werde ich es tun!" sagte sie immer wieder.

„Das stimmt", sagte ihre innere Fee. „Da der Wunsch, die französische Sprache zu beherrschen, so stark in Ihnen angekommen ist, müssen Sie nur beharrlich sein, und der Weg, sie zu lernen, wird sich eröffnen."

Es öffnete sich auf so einfache Weise, dass es die tapfere Magd Sally erneut überraschte.

Und ihre allgegenwärtige Fee sagte:

„Es erstaunt mich wirklich, wie einfach das Ganze ist."

Sie war auf dem Heimweg von Mistress Kent, als Pfarrer Kendall auf sie zukam.

„Guten Abend, junges Mädchen", sagte er mit sanfter Würde, „und wie geht es mit dem Studium voran?"

„Sehr fair, ich danke Ihnen, Sir."

„Und was sind sie jetzt?"

„Ich habe Arithmetik, Sir, Grammatik, Geographie und Geschichte."

„Eine ziemliche Liste; und macht dir das Studium immer noch Spaß?"

„Sehr, sehr angenehm, ich danke Ihnen, Sir. Aber, ah! Wenn ich nur die französische Sprache lernen könnte!"

„Lernen Sie Französisch! Und was, bitte, würde ein Dienstmädchen in Ihrem Alter davon brauchen?"

„Ich könnte es brauchen, wenn ich älter bin, Sir."

Dann fügte sie mit dem für sie natürlichen und von jungen Menschen immer erwarteten Respekt hinzu:

„Ich glaube, ich würde sehr gerne andere Sprachen lernen. Grammatik macht mir Spaß ; ich mag es sehr, meine eigenen Wortarten zu kennen."

Pfarrer Kendall sah zufrieden aus.

„Wann könntest du Zeit für ein weiteres Studium finden?" er hat gefragt. „Es ist nicht so einfach, eine fremde Sprache zu beherrschen."

„Das könnte ich, Sir", war alles, was Maid Sally als Antwort sagte.

Der Pfarrer lächelte.

„ Könnte was ?" er hat gefragt. „Zeit finden oder die Sprache beherrschen?"

„Ich meinte, Sir, ich könnte die Sprache lernen, aber Herrin Brace hätte vielleicht viel zu sagen, wenn ich um mehr Zeit bitten würde, und ich muss irgendwie für denjenigen arbeiten, der mir etwas Neues beibringt."

„Du hast von manchen Dingen die richtige Vorstellung", sagte der Pfarrer freundlich, „aber geh jetzt nach Hause und mach dir jetzt keine Sorgen darüber, eine andere Sprache zu beherrschen; so früh im Leben ist das nicht nötig. Aber manchmal kommt das, was sehr ersehnt wird." bestehen."

Als er das letzte Mal sprach, war in den Augen des guten Mannes ein Funkeln zu sehen, das Sally gern sah.

„Er ist weise und freundlich", sagte sie, als der Pfarrer weiterging, „und ich muss mit dem Erlernen der französischen Sprache warten, bis der richtige Zeitpunkt dafür gekommen ist, aber eines Tages muss ich es lernen . "

„Denken Sie nicht weiter darüber nach, sondern machen Sie mit der guten Lehre, die Sie bereits haben, das Beste, was Sie können", riet ihre Fee.

Und Sally versuchte, den Rat zu befolgen.

Erst in der nächsten Woche, am Mittwochnachmittag, als Mistress Kent von einem Besuch bei ihrer Schwester zurückkam, sagte sie zu Sally:

„Ich habe gerade erst unseren guten Pfarrer kennengelernt, und er möchte Sie auf dem Heimweg gerne in seinem Haus sehen. Ich hoffe, er hat gute Nachrichten für Sie."

Sally zitterte vor Hoffnung, als sie zum Haus des Pfarrers ging, und vielleicht fürchtete er, das kleine Mädchen könnte Schwierigkeiten haben, den großen Messingklopfer an der Haustür zu benutzen, denn er befand sich bereits im Garten, als Sally eintrat das Tor.

„Es ist alles arrangiert, liebes Mädchen", sagte er in einem so väterlichen Ton, dass Sally spürte, wie ihr Tränen in die Augen stiegen. „Ich habe es für das Beste gehalten, Herrin Brace zu sehen, bevor ich dir mehr über den Französischunterricht erzähle, aber die Verwendung eines Vormittags muss dir gegeben werden. Komm am Donnerstag um neun Uhr, und eineinhalb Stunden werde ich dir geben." .

„Es wird keine Zahlung verlangt, außer dass ein oder zwei einfache Regeln beachtet werden müssen. Derzeit darf Französisch nicht mehr als eine halbe Stunde pro Tag gegeben werden. Das wird den Fortschritt verlangsamen, aber es ist wichtiger, dass Zahlen, Geschichte, Geographie und deine Muttersprache sollten besser erlernt sein, als dass du schon in jungen Jahren eine Fremdsprache beherrschen solltest .

„Und sorgen Sie dafür, dass andere Studien für dieses neue Studium mit einem neuen Lehrer nicht vernachlässigt werden. Das ist alles."

Als Sally anfing, Herrin Cory Ann für ihre Freundlichkeit zu danken, die ihr erlaubt hatte, eines Morgens zum Pfarrer zu gehen, kamen der Herrin scharfe Worte auf die Lippen, aber sie hielt sie zurück.

Sally war ihr dennoch eine große Hilfe. Und eine Magd, der der Pfarrer die französische Sprache beibringen würde, sollte nicht allzu hart behandelt werden. Also sagte sie nur:

eines Tages in der Lage sein möchte, mit den Franzosen zu sprechen. Also sagte ich dem Pfarrer, er dürfe Ihnen gerne all die seltsamen Dinge beibringen, die er wollte dazu, und ich bin mir sicher, dass er es ist.

Herrin Cory Ann Brace sprach überhaupt nicht auf diese Weise mit Parson Kendall, und Sally wusste es. Sie machte einen Knicks und wippte und versuchte zunächst so zu tun, als könne sie Sally an einem Vormittag nicht entbehren.

Aber als der Pfarrer ruhig sagte: „Na gut, dann müssen wir einen anderen Plan versuchen", kam sie zu sich, als ob das Wort „Bürger" wieder in ihren Ohren klingen würde, und sagte, sie rechne doch damit, dass sie donnerstags es schaffen könnte Ich ließ das Mädchen morgens für ein paar Stunden frei, und so war die Sache ohne weiteres erledigt.

Bevor der Frühling wieder dem Sommer Platz machte, sagte der Pfarrer zu Goodwife Kendall:

„Es erstaunt mich, wie das Dienstmädchen Sally Dukeen ihr Französisch spricht! Ich habe ihr in letzter Zeit eine Stunde am Tag im Arbeitszimmer gewährt, sie hat es sich so sehr gewünscht. Sie beherrscht Verben, den Akzent und die Sprache selbst bis zu einem gewissen Grad wird es ihr bald ermöglichen, es richtig zu sprechen und zu schreiben. Und heute fragte die hübsche Frau, ob sie im Herbst Geographie aufgeben und Griechisch lernen könnte!"

„Ich erinnere mich, dass sie einer Rasse mit starkem Willen, scharfem Intellekt und schnellem Lernen entstammen muss. Ich wünschte, wir wüssten mehr über die Magd."

War Sally traurig darüber, dass kein Feenprinz mit der *Belle Virgeen nach Hause segeln würde* , wenn der Juni voller Blumen und Lieder sein würde?

Ja und nein. Tief in ihrem Herzen war ein leises Murmeln des Schmerzes. Aber ihre Fee hatte wie verächtlich geschrien:

„Und was, bitte, hast du mit dem Kommen und Gehen des Feenprinzen zu tun? Wenn es der Wille seines Vaters wäre, dass er sich an seine Studien hält und sich überhaupt nicht in den Streit einmischt, und das mag sein , die Gefahr dieser Tage, warum sollte sie dir Kummer bereiten? Träume, wenn du musst, von dem Jungen, der weit weg ist, aber kümmere dich nicht um den Weg, der ihm vorgezeichnet ist."

Und Sally schämte sich, um ihren Traumprinzen zu trauern oder zu seufzen, außer so tief in ihrem Herzen, dass selbst ihre eigene innere Fee es kaum bemerken konnte.

KAPITEL XIV.
WIEDER ZUHAUSE

Als der nächste Herbst kam, lagen Wolken und ein aufkommender Sturm in der Luft. Auf den Straßen waren britische Soldaten in schwulen Uniformen zu sehen, und die Damenschule von Mistress Kent hatte nicht wie üblich geöffnet.

Die Eltern kleiner Kinder schickten sie nicht gern jeden Tag raus, selbst wenn ein Diener für sie sorgte. Die Schwarzen waren leicht zu beunruhigen und könnten sich nicht als treu erweisen.

Der Tabak wurde geschnitten und in Schuppen gelagert, aber wann er verschifft werden würde, war ungewiss. Und Sir Percival Grandison war besorgt, weil die *Belle Virgeen* nicht pünktlich zurückkam.

Der Feenprinz näherte sich endlich seinem Zuhause, und ein großes, schüchternes Dienstmädchen im Teenageralter war froh, dass er unterwegs war.

Sally würde bald vierzehn sein, und es war zweifelhaft, ob ein anderes so junges Mädchen in ganz Williamsburg, selbst die gebildeten Töchter der reichen Pflanzer, mehr oder so viel von dem wussten, was in Büchern steht, wie das junge Mädchen Sally Dukeen .

Sie hatte wie durch Zauberei gelernt und lernte jeden Tag weiter. Und indem sie auf Gesprächsfetzen achtete, die ihr an die Ohren drangen, und ab und zu eine Zeitung in die Hand nahm, wusste sie alles über den Konflikt oder Kampf, der schon fast im Gange war zwischen dem, was die Männer liebevoll „das Mutterland" nannten, und den Amerikanern Kolonien.

Und nun war der Feenprinz mit neunzehn Jahren auf dem Weg nach Hause, inmitten all des Ärgers und des Lärms. Würde er kämpfen? Er war minderjährig, aber Sally hatte ihn über so männliche Dinge wie „Pflicht" und „Unrecht tun und das Richtige hochhalten" sprechen hören.

Eines war ihrer Meinung nach sicher. Niemand könnte ihn aus der Not heraushalten, wenn er es für seine Pflicht hielte, zu bleiben und seinem Land in der Stunde der Not zu helfen.

Und nun herrschte Jubel, als die „*Belle Virgeen*" langsam den Kai erreichte, nachdem sie sich zwischen unfreundlichen Schiffen zurechtfinden musste, die gerne auf sie herabgestürzt wären, ihre Fracht mitgenommen und ihre Besatzung gefangen genommen hätten, wenn sie es gewagt hätten.

Dieses Mal kam das Schiff in der Nacht an, sodass nur Freunde der Familie da waren, um die wenigen Passagiere zu begrüßen, die sie nach Hause gebracht hatte.

Und so viele kamen und gingen, die Straßen jenseits des Shady Path waren so voll und alle so aufgeregt, dass Sally, jetzt ein großes, blühendes Mädchen, nicht mehr wie früher umherrennen konnte, als sie jünger war, und es auch nicht wollte.

Mehr als ein in der Stadt stationierter britischer Soldat hatte scharf in die Tiefen ihrer Sonnenhaube geblickt, als Mistress Brace sie mit einem Auftrag zum Laden schickte.

„MEHR ALS EIN BRITISCHER SOLDAT, DER IN DER STADT
stationiert war, hatte scharf in die Tiefe ihrer Sonnenhaube geschaut.“

Eine große Freude blieb ihr. Sie studierte Französisch und Latein bei Parson Kendall als Lehrerin. Da er es jedoch für besser hielt, ihre anderen Studien fortzusetzen, rezitierte sie nur zweimal pro Woche.

Und so war ein Monat vergangen, und sie hatte nicht einmal einen Blick auf ihren Feenprinzen erhascht.

Eines Nachmittags, Anfang November, war sie auf dem Heimweg vom Pfarrhaus und hatte die Straße nach Ingleside verlassen, als Mammy Leezers runde Gestalt auf der Straße erschien.

„Gesetze, Schatz!“ rief die alte Mammy, „wie du wächst ! Na, Bress. “ Dein Herz, ich habe dich seit einer Ewigkeit nicht mehr gesehen , und hier bist du fast schon eine erwachsene Frau. Bringt mich zum Nachdenken Ob dieser junge Marslöwe sich zu einem Mann entwickelt hat , der alles zu bieten hat .

„Oh, aber Schatz!“ Mammys Stimme sank zu einem Flüstern, und sie blickte sich um, als fürchtete sie, belauscht zu werden: „ Der Mars-Löwe muss die Briten mit allen Mitteln bekämpfen , aber sein Papa, Mars- Perc'val , ist dafür, ihn zu töten .“ Gleich zurück zu Inglan , aber Mars' Löwe wird nicht transportiert. Er sagt , das ist sein eigenes Land , wo er arbeitet geboren und hier wird er bleiben.

„ Mistis Gab'rell , sie weint und versucht, ihn dazu zu bringen, zu schweigen, und dat Mis' Ros'mand tut sie so, als gehöre er ihr mit Leib und Seele. Mars' Perc'val , er sagt , es tut ihm leid, dass er ihn nach Hause kommen ließ, aber lordy massy! dat Chile würde 'a' kommen lett'n ' oder no lett'n '.

„Aber Sie sehen, de facto ist der Junge voller Kampfeslust. Ich sage dem alten Onkel Gambo, dass er irgendjemand in diesem Boden sein muss , der die Chillern dazu bringt, es zu lieben und sich dafür einzusetzen und dafür zu kämpfen . "

„Ich würde auch dafür kämpfen, wenn ich ein junger Mann wäre“, sagte Maid Sally.

„ *Würdest* du jetzt!“ rief Mama. „Nun, ich schätze, der Tag ist nahe, an dem alle, die kämpfen wollen, eine Chance haben werden. Jetzt muss ich nach Hause reisen . Ich werde eine Pflaumenmarmelade für das Abendessen meines jungen Mars machen, und ich weiß es nicht." „Wie lange seine alte Mammy für ihn kochen kann , er ist so fertig mit dem Kämpfen ."

Als Mammy wegrollte, sagte Sally zu sich selbst:

„Ich frage mich, warum sie mir diese Dinge erzählt? Ich stelle ihr nie Fragen."

Ihre Fee antwortete: „Das liegt daran, dass diese Menschen auf eine Art einfach und zutraulich und auf eine andere Art schärfer sind, als man denkt. Die ganze Welt mag Mitgefühl, das ein freundliches Gefühl gegenüber anderen ist, und die Bereitschaft, auf das zu hören, was ist." in ihren Herzen. Und Mama sieht, dass du dem, was sie sagt, Aufmerksamkeit schenkst, und es gefällt ihr."

„Ich muss vorsichtig sein", sagte Dienstmädchen Sally.

„Das musst du sein", warnte ihre Fee.

Die Tage wurden voller Aufregung. Überall gab es Flüstern, hitzige Reden und Gemurmel.

Aber inmitten des Aufruhrs und der Unruhen beschlossen Sir Percival Grandison und einige andere, einen Ball in der Halle der Burgessinnen zu geben, in der Hoffnung, die stürmischen Gefühle, die draußen herrschten, zu unterbrechen und vielleicht einen friedlicheren Zustand herbeizuführen Dinge.

Der Regierungssitz befand sich bis zum Herbst 1774 in Williamsburg. Dann wurde er nach Philadelphia verlegt.

Im Mai hatte ein prächtiger Ball zu Ehren der Frau und der Tochter des Gouverneurs, Lord Dunmore, stattgefunden. Und obwohl das Volk den hochmütigen, eigensinnigen Gouverneur weder mochte noch respektierte, hielt man es dennoch für angemessen, die Damen, die im „Gouverneurspalast", wie sein Haus genannt wurde, wohnten, mit einer fröhlichen Versammlung willkommen zu heißen.

Jetzt sollte die Halle der Burgessinnen ein weiteres glänzendes Ereignis erleben, bei dem Leute von Rang und Mode zu einer fröhlichen Nacht zusammenkamen, und Sir Percival vertraute insgeheim darauf, dass dies den Kriegsgeist in seinem kleinen Sohn dämpfen würde.

Die Magd Sally dachte in Gedanken umher und fragte sich, ob sie vielleicht einen Blick auf die herrliche Szene erhaschen könnte, denn ach, was für eine Freude wäre es, sie zu betrachten, wenn auch nur für einen Moment!

„Es wird ein mutiger Anblick sein", sagte ihre Fee, „aber es könnte Gefühle in deiner Seele wecken, es wäre besser, in Ruhe zu sein."

„Egal", sagte die schönheitsliebende Sally, „ich muss es sehen, wenn ich kann."

Doch wie konnte sie es herbeiführen? Der Kirchendiener, der schreckliche Mann, der umherging und mit dem Stab in der Hand alle Jünglinge im Versammlungshaus zum Schweigen brachte, der Stadtausrufer, der die Straßen auf und ab ging und mit einer großen Glocke in der Hand ein verlorenes Kind fand oder ungewöhnliche Neuigkeiten erzählten, der Polizist und seine beiden Assistenten, all dies würde sich um die Türen des Gebäudes drehen, damit die vielen Kutschen ohne Verwirrung vorfahren konnten und niemand außer geladenen Gästen es wagen würde, zu nahe zu kommen .

Kinder und Bedienstete der Oberschicht durften aus der Ferne zuschauen, aber auf dieser Straßenseite waren keine Mitläufer erlaubt.

Es erschien Sallys Testament. Ihr starker, heller Wille.

„Ich möchte einen Weg finden, es zu erkennen", sagte sie, „aber nicht dadurch, dass ich irgendetwas tue, wofür ich mich schämen muss."

„Dann setze deinen Verstand ein", sagte ihre Fee, „den Verstand wirst du brauchen, um das zu bewerkstelligen."

Und Maid Sally dachte sich einen Plan aus.

Kapitel XV.
EIN KOLONIALER BALL

Am nächsten Mittwochabend, nach der Gesangsschule, sagte Magd Sally zu Meister Sutcliff, wobei sie oft errötete und ihre Stimme seltsam zitterte:

„Ich habe den großen Wunsch, etwas von dem schönen Ball zu sehen, aber es scheint mir keine Möglichkeit zu geben, das zu tun."

Meister Sutcliff lachte über den Mut und das verängstigte, besorgte Gesicht der Magd. Als nächstes sah er eine Weile nachdenklich aus und sagte dann mit Nicken und Verbeugungen, die Sallys Herz höher schlagen ließen:

„Ich spiele Geige für die Firma und muss unbedingt Kolophonium zur Hand haben, falls eine Saite hartnäckig wird . Und es könnte für mich angebracht sein, jemanden in der Nähe zu haben , der mir Noten in der Reihenfolge gibt, in der sie gespielt werden müssen."

„Oh, aber ich kann nicht gesehen werden", rief Maid Sally.

„Mehr brauchst du nicht, junges Mädchen. Es werden viele Geiger da sein, und du kannst einen niedrigen Platz einnehmen, selbst auf einer Grille direkt neben der Bassgambe, und obwohl die Spieler auf einer hohen Plattform sitzen, kannst du dich für eine Weile verstecken." hinter dem großen Instrument und werfen Sie einen guten Blick auf alles."

„Wie komme ich rein?" fragte Sally.

„Sie können im Schatten meines Flügels eintreten", sagte Meister Sutcliff, „aber Sie sollten nicht lange bleiben. Zuerst würde Sie niemand bemerken, aber es könnte für Sie nicht leicht sein, sich lange vollständig zu verstecken: Wir wechseln einmal den Platz in einer Weile.

„Ich werde gehen, sobald ich das Gebot bekomme", sagte das Mädchen.

Tatsächlich öffnete sich Sally am nächsten Abend die ganze Glückseligkeit des Feenlandes.

Nie zuvor hatte das Mädchen eine Vorstellung vom Glamour, dem Zauber, der Pracht einer solchen Szene gehabt.

Die Kostüme oder Kleider, die Tänze und die höfischen Manieren – die Manieren derer, die sich am Hof eines Königs aufhalten – die Musik, die sie begeisterte und bezauberte und ihr alle möglichen hellen und luftigen Träume durch den Kopf schickte, all das ließ das Blut schnell durch die

Adern der entzückten Magd strömen, als sie gebannt hinter der großen Bassgambe hervorlugte.

„Oh, es ist der Himmel, der Himmel!" Sie keuchte, als sie mit großen, sternenklaren Augen auf die prächtige Gesellschaft herabblickte. „Und ich, ich könnte das alles so genießen, wenn ich nur dazu geboren worden wäre! Wurde ich dazu geboren? Oh nein, nein, das könnte nicht sein!"

"Wer weiß?" fragte sie leise, Fee.

Aber Sally verbrachte nicht viel Zeit damit, sehnsüchtige Fragen zu stellen. Der Raum schien erfüllt vom Geruch von Moschus, Rosenöl und Eau de Cologne, Blumen und Parfüms aller Art.

Da war der Gouverneur, strahlend wie ein König, in purpurnem Samtmantel, goldener Spitze, einer weißen, geblümten Weste mit großen Rüschen aus kostbarer Spitze an der Vorderseite, die über seine weißen Hände fielen.

Glänzende Knieschnallen reflektierten das Licht von Hunderten von Kerzen, das auch das Licht der glitzernden Steine in den Schnallen seiner hochhackigen Schuhe einfing. Ein Mann von schicker Erscheinung, der aber mit Augen betrachtet wurde, die ihn nicht liebten, sondern eher verachteten.

Die Damen waren wie Märchenträume, in steifer, brokatierter Seide, glänzendem Satin, Bändern, Spitze, Juwelen und Halsketten aus Gold, Bernstein und Medaillons – runde Steine mit eingeschnittenen Gesichtern.

Mit geblendeten Augen betrachtete Sally die höfische Erscheinung von Sir Percival Grandison, seiner Frau, Tochter und Nichte. Aber ihr Blick blieb lange bei Lady Rosamond Earlscourt hängen .

Noch nie hatte die arme Magd, die von der Plattform aus zusah, in ihren hellsten Visionen ein solches Strahlen gesehen. Das gepuderte Haar war hoch auf ihrem Kopf gepolstert, und zwischen den Büscheln hingen weiße Federn und glänzende Blätter, die in Schleifen aus kleinen vergoldeten Ketten verbunden waren.

Ihr Mieder oder ihre kurze Taille aus rosa Samt war über Gazebauschungen geschnürt und verlief sowohl vorne als auch hinten in langen Spitzen über einem Oberrock aus weißer Spitze, die überall mit Goldfäden verziert war. Der Überrock aus Gaze und Gold wurde an den Seiten hoch über einen Rock oder Unterrock aus weißem Brokatsatin mit einer Figur aus rosa Rosen geschlungen. Auf Wange und Kinn waren kleine schwarze Flecken, die das Weiß ihrer Haut in lebhaftem Kontrast hervorhoben.

Ihr schneebedeckter Hals und ihre Schultern waren nackt und eine Kette dicker Goldperlen, die an einem Draht aufgereiht waren, befand sich direkt in der Halsbeuge. An ihren weißen Armen befanden sich goldene Armbänder mit funkelnden Edelsteinen, an ihrer Brust war ein Strauß rosa Rosen zu sehen, und die Füße, die deutlich unter ihrem Rock hervorschauten, steckten in weißen Schnürschuhen mit hohen Absätzen und Rosetten, aus denen leuchtende Rosatöne glitzerten Steine.

Sally blickte fasziniert, in einen Traum versunken, und ein seltsamer Schmerz zerrte an ihrem Herzen.

Die Frage, warum, warum, war sie von all diesen Dingen ausgeschlossen, zu denen ihre ganze Natur sprang, als ob sie von Rechts wegen ihr gehören sollten, wurde nur durch das Wunder und die Pracht von allem, was sie sah, unterdrückt.

Doch als ihr Blick auf ihren Feenprinzen fiel, stockte ihr der Atem in neuer Bewunderung.

Er war einige Augenblicke in den Räumen darunter festgehalten worden und befand sich direkt auf einer Linie mit ihren Augen, als sie ihn plötzlich zum ersten Mal seit mehr als zwei Jahren wieder sah.

„Feenprinz! Feenprinz!" schrie ihr Herz und weinte leise auf ihren Lippen, und sie wusste es nicht, als Master Clinton sich von seiner Bassgambe abwandte und glaubte, ein seltsames Geräusch zu hören. Aber er achtete nicht auf den entzückten Blick des Mädchens, denn sie saß still wie eine Maus da, während ihre Augen die Vision ihres Feenprinzen genossen.

Sein dichtes Haar war leicht gepudert und an den Enden gelockt. Ein Mantel aus blauem Samt mit silbernen Borten und filigranen Knöpfen – oder durchbrochen gearbeiteten silbernen Knöpfen – passte wie geformt zu seiner großen, aufrechten jungen Figur. Seine Weste aus goldenem Stoff hatte vorne Rüschen aus reicher Spitze, entsprechend der allgemeinen Mode des Tages, und auch an den Handgelenken. Ein blinkender Diamant an seinem Finger sandte rote, blaue und gelbe Lichtstrahlen aus.

Er trug Kniehosen aus blauem Samt mit Bändern aus silbernen Borten und juwelenbesetzten Schnallen am Knie. Seine langen weißen Seidenstrümpfe waren an den Seiten gezapft oder bestickt, während hochhackige, glitzernde Tanzpumps seine stark gewölbten Füße in Szene setzten.

Sally bemerkte die Anmut, mit der er sich vor den Damen verneigte, und die tiefen Knickse, die sie erwiderten. Die Leichtigkeit und die guten Manieren bezauberten sie.

„Sie sind dazu geboren! Sie sind dazu geboren!" seufzte das arme junge Mädchen.

Als der Tanz begann, saß sie immer noch fasziniert da und beobachtete hauptsächlich einen großen, prächtig gekleideten jungen Mann, der den perfekten Takt zur Musik hielt, deren Klang so schön war, dass Maid Sally Tränen in die Augen trieb.

Meister Sutcliff, der die große Freude im Gesicht der Jungfrau sah, sagte bei sich:

„Sie soll bleiben, bis es Zeit ist, die Lehrpläne, den Sahneschaum und die Nektare zu servieren, dann kann sie verschwinden, ohne gesehen zu werden."

Es kam viel zu früh, die Pause im fröhlichen Tanz für Erfrischungen, als Meister Sutcliff freundlich sagte:

„Nun, junger Freund, ich fürchte, die Zeit ist gekommen, in der du am besten gehen solltest. Ich werde mit dir zur Seitentür gehen, damit dich niemand befragen oder belästigen wird."

Als sie an einem langen Raum vorbeikamen, sagte er: „Peep gleich."

Und Sally blickte auf Tische, die mit allen möglichen ausgefallenen Gerichten bedeckt waren: Es gab Schaum, schaumige Vanillepuddings, Gelees, durch die man fast hindurchsehen konnte, Pflaumenkuchen, Rührkuchen und den Duft von starkem, reichhaltigem Kaffee, vermischt mit dem Duft von Blumen.

Farbige Diener bewegten sich im langsamen Schritt des Südstaaten-Kellners hin und her , und alles war ordentlich, reichlich und einladend.

Meister Sutcliff sagte etwas zu einem Mann in seiner Nähe, und im nächsten Moment wünschte er Sally eine gute Nacht und legte ihr gleichzeitig etwas auf den Arm.

„Nur ein Käsekuchen", sagte er, und im sanften Mondlicht sah Sally, dass sie einen herzförmigen Kuchen voller Johannisbeeren in der Hand hielt, auf dessen Oberseite dünne Kokosnuss- und Käsespitzen standen.

Sie betrat das Haus durch den Schuppen an der Seite, ging in ihr kleines Zimmer und setzte sich auf den Boden, den Kopf gegen das Bett gelehnt.

„Ich bin zu glücklich, mich auszuziehen", sagte sie, „sonst bin ich zu sehr von dem erfüllt, was ich gesehen habe. Ich muss alles noch einmal durchdenken."

Und dort blieb sie die ganze Nacht, mit ihrem Schal um den Hals.

Als sie endlich einschlief, sah sie ihren Feenprinzen in seinem Samtmantel, seinen reichen Unterkleidern und Tanzschuhen, so groß wie das Leben, vor sich. Die Musik der Geigen mit dem tiefen Ton der Bassgambe klang in ihren Ohren fast so deutlich wie im Burgessssaal.

Aber im vollen Licht der strömenden Kerzen stand Rosamond Earlscourt , ein hübsches Geschöpf in Seide und Juwelen, das dem Feenprinzen mit einem eifrigen Finger zuwinkte.

Würde er gehen? Er war gerade auf sie zugegangen, als sein Blick auf ein junges Mädchen fiel, das sich inmitten der Spieler auf dem Bahnsteig versteckte.

Das erschreckte das Dienstmädchen so sehr, dass es sich weit hinter Master Clintons Bassgambe versteckte. Doch als sie sich nach ein paar Augenblicken umsah, sah sie, dass der Feenprinz ganz in ihrer Nähe war.

Mit einem erschrockenen Satz erwachte sie. Die Sonne strömte in ihr kleines Zimmer.

„Er wollte mich finden", sagte Maid Sally.

Kapitel XVI.
„Ich kann keinen Tee kaufen"

Obwohl Sally erst spät in der Ballnacht geschlafen hatte, erwachte sie am nächsten Morgen recht früh, zog den Schal fest um sich und begann, die schönen Anblicke und Geräusche durchzugehen, die einen Zauber in ihrem Kopf hinterlassen hatten zu einem Märchentraum.

Die Sehnsucht im jungen Herzen der Magd nach besseren Dingen als denen, die sie hatte, schrie förmlich in ihr auf, als sie an das Aussehen und die Anmut dieser hochgeborenen Damen dachte.

„Ich hätte ein besseres Zuhause haben sollen", sagte sie und blickte sich in ihrem elenden Zimmer um. „Es muss Möglichkeiten geben, wie ich mich weiterbilden kann. Ich bin in einem Alter, in dem ich mich weiterbilden kann. Ich könnte mir nur vorstellen, wie ich das machen kann, aber ich würde mir wünschen, nichts falsch zu machen."

„Es kann nicht falsch sein, deinen Zustand verbessern zu wollen", sagte ihre Fee; „Du bist kein Sklave."

„Dann werde ich nach einer Chance Ausschau halten", sagte Dienstmädchen Sally.

„Tu es", sagte ihre Fee.

Damals murrte und schimpfte Herrin Brace, weil sie sich nicht traute, Tee zu kaufen. Es gab immer noch eine Steuer darauf, und loyale Kolonisten verweigerten sich lieber den Tee, als die ungerechte Steuer zu zahlen.

Aber Mistress Brace hegte keine große Liebe zum Land und kümmerte sich auch nicht um die Dinge, die die Menschen tief in ihren Herzen und Seelen bewegten.

Und so wurde sie nach einiger Zeit müde und ärgerte sich darüber, dass sie auf ihren Tee verzichten musste. Der einzige Grund, warum sie überhaupt darauf verzichtet hatte, war, dass die angeheuerten Männer – das waren Bauern, die von einem Pflanzer angeheuert wurden – gesagt hatten, dass es überall bekannt sei, wenn jemand eine Unze „des besteuerten Zeugs" kaufte. und dass derjenige, der es bekam, als „Tory" eingestuft wurde, was eine Person bedeutete, die England und den König gegenüber dem eigenen Land bevorzugte.

Doch kurz nach dem Ball kam ein Tag, an dem Herrin Brace beschloss, nicht länger auf Tee zu verzichten. Die angeheuerten Männer hatten sich mit Kräutertee (sie nannten ihn „Yarb") aus Kräutern und Pfefferminzbonbons abgefunden und ihn klaglos getrunken.

Aber die Herrin meinte, sie müssten nichts davon wissen, wenn sie ein Paket für den Eigenbedarf kaufte. Goodman Chatfield, der auf der einen Seite seines Ladens Trockenwaren und Kurzwaren oder Kleinwaren und auf der anderen Lebensmittel verkaufte, verkaufte überhaupt keinen Tee; Er war ein wahrer Patriot und „die besteuerten Sachen" waren in seinem Laden nicht zu finden.

Aber der „Apothekermann" behielt ein wenig „für schwache und kränkliche Leute", und nun überreichte Herrin Brace Sally etwas Geld, als sie sagte:

„Hier sind zwei und drei Pence, und Sie sollen zu Doktor Hancockes Laden gehen und ein halbes Pfund Tee kaufen."

„Ich kann keinen Tee kaufen", sagte Sally, zog ihre Hand zurück und berührte das Geld nicht.

„Tu, was ich dir sage!" rief Herrin Brace mit wilder Stimme. „Wenn Doktor Hancocke etwas dazu sagt, sagen Sie ihm, dass es mir nicht gut geht und dass ich eine gute Tasse Tee trinken muss, um mich aufzumuntern."

„Aber es geht dir gut", antwortete Magd Sally, „und es wäre weder richtig, dass ich lüge, noch dass ich Tee mit der Königssteuer darauf kaufe."

Herrin Brace hob die Hand, als wollte sie das junge Mädchen schlagen, das aufrecht und ruhig vor ihr stand. Aber sie schlug sie nicht, sie rief nur noch einmal:

„Nimm das Geld und tu, was dir geboten wird!"

„Ich kann keinen Tee kaufen", sagte Maid Sally.

„Dann geh aus meinen Augen und aus meinem Haus und sorge dafür, dass du nicht zurückkommst!" rief die wütende Herrin. „ Highty , Tighty ! Aber eine tolle Tageszeit ist es, wenn sich Bettler umdrehen und zu denen sagen: ‚Ich kann nicht', die sie gehalten und gefüttert haben. Verschwinde, sage ich, du Malapert!"

Sally wandte sich wortlos ab, aber als sie fast durch die Tür war, blickte sie zurück und sagte:

„Ich bin keine Bettlerin. Ich bin ein amerikanisches Mädchen und habe vor, mich wie eine zu benehmen."

Nun haben die Worte von jemandem, der nicht in Wut gerät, sondern kühl darauf antwortet, immer etwas, das den zornigen Menschen abkühlt und ihn zum Nachdenken bringt. Und Herrin Brace wurde von Angst ergriffen. Was hatte sie zu sagen gewagt? Und was wollte Sally tun?

Aber ihr Temperament war zu hoch, um es auf einmal zu unterdrücken, also antwortete sie:

„Sehr sicher, dass Sie Amerikaner sind, oder?"

Dann, als sei ihr in den Sinn gekommen, dass sie das besser nicht gesagt hätte, und da sie sich auch schon wünschte, sie hätte die Magd nicht eine Bettlerin genannt und ihr gesagt, sie solle weggehen und bleiben, begann sie mit einem säuerlichen Lachen:

„Natürlich weiß ich nichts über dich, bevor du ein kleines Mädchen von etwa vier Jahren warst, und wenn du so dumm bist, den Tee nicht zu bekommen —"

Aber Sally war in ihr winziges Zimmer gerannt. Sie würde warten, bis sie nichts mehr hörte. Und sie war dankbar, dass Goodman Kellar im nächsten Moment mit Eiern und Butter kam, damit Herrin Cory Ann herumreden oder verhandeln konnte.

Herrin Brace war nie sanftmütig gewesen, obwohl sie die Manieren einer gewandten Dame an den Tag legen konnte, aber sie war in letzter Zeit immer rauer und grober geworden und hatte Sally manchmal auf eine so unmanierliche Weise herumkommandiert, wie es das Dienstmädchen getan hatte mehr als einmal dachte sie darüber nach und fragte sich, ob sie überhaupt das Recht hatte, es ihr zu befehlen.

Und tatsächlich bemerkte Sally solche Dinge mehr als je zuvor, nachdem sie Mistress Maria Kents nette und sanfte Rede gehört hatte. Und jetzt beeilte sie sich, wenn möglich zu entkommen, bevor Mistress Brace und Goodman Kellar mit ihren Verhandlungen fertig waren. Ihr ganzer junger Geist flammte auf, als die Herrin sie eine Bettlerin nannte, und obwohl etwas Feines in ihrer Natur sie bei diesen Worten zum Schweigen brachte, durften sie nicht übergangen werden.

Sie kleidete sich sorgfältig, zog ein gerade erst angefertigtes braunes und scharlachrotes Leinenkleid an und kaufte fast alles von ihrem eigenen Geld. Dann schlüpfte sie durch die Haustür hinaus. Es war ihr Tag, vor Pfarrer Kendall zu rezitieren, und obwohl sie kaum wagte, darüber nachzudenken, zeichnete sich unter den warmen Farbtönen ihres rötlichen Haares eine Entschlossenheit ab.

Aber hier war ihre Fee, die etwas zu sagen hatte.

„Was wirst du tun, Dienstmädchen Sally?"

„Ich weiß es nicht, gute Fee, aber ich habe vor, heute Nacht nicht bei Herrin Cory Ann zu schlafen."

„Haben Sie noch ein anderes Zuhause?"

„Nein, gute Fee, aber vielleicht finde ich eine."

„Haben Sie eine genaue Vorstellung davon?“

„Nein, ich habe nur das im Kopf, worüber ich noch nicht sprechen kann.“

„Sehr gut, dann seien Sie mutig und zögern Sie nicht. Sie haben sich bei der Tory-Frau schon lange unwohl gefühlt; erzählen Sie nicht zu viel, sondern sagen Sie mutig die Wahrheit.“

„Das habe ich vor“, sagte Dienstmädchen Sally.

Nachdem die Französischstunde zu Ende war, blieb Sally noch in der Bibliothek des Pfarrers.

„Ich habe dir die nächste Lesung gegeben, nicht wahr?“ fragte Pfarrer Kendall.

„Ja, ich weiß von der Lektion, Sir“, antwortete Sally, „aber ich weiß nicht, wohin ich besser gehen sollte. Ich habe kein Zuhause.“

"Kein Zuhause?" wiederholte der Pfarrer, „wie ist das? Hat die Frau, Herrin Brace, dich vertrieben?“

Sally wurde blass, so groß war ihre Angst und ihr Verlangen zu weinen. Doch ein einziges Wort ihrer Fee half ihr:

"Mut!"

„Ich habe mich geweigert, beim Apotheker Tee zu kaufen“, sagte sie, „und Herrin Brace nannte mich einen Bettler und befahl mir, zu gehen und nicht zurückzukehren. Ich kann nicht als Bettler bezeichnet werden, und ich kann auch nicht zurückgehen, wenn es mir gesagt wurde.“ wegbleiben.

Pfarrer Kendall spielte mit seiner Uhr, blickte auf die geflochtene Matte, auf der er stand, und schien das Muster der Bordüre zu studieren. Nach einer Weile, die Sally vorkam, sagte er:

„Setz dich für einen Moment, arme Magd. Ich würde eine Weile mit Goodwife Kendall sprechen. Sei nicht ängstlich, vielleicht wird dir noch alles gut gehen.“

Sally sank auf einen Stuhl, als der Pfarrer verschwand.

"Ich habe es getan!" sagte sie zu ihrer Fee.

„Ja, und ohne viele Worte“, antwortete ihre Fee. „Das ist immer der beste Weg, das zu tun, wofür man sich entschieden hat.“

Dann begann Sally nachzudenken. Doch ihr Herz schlug so schnell, dass sie kaum still sitzen konnte. Und es schlug noch schneller, als sich die Tür öffnete und Goodwife Kendall vor ihr stand, gekleidet in raschelnder schwarzer Seide, mit weichem Musselinkragen und -manschetten und einer Spitzenkappe auf dem Kopf.

„Wie ich höre, hast du kein so gutes Zuhause, kleine Magd", sagte sie mit schöner, leiser Stimme, „wie es dir gebührt, und der Pfarrer hat keine Lust, dich dorthin zurückzuschicken. Hier ist also ein Plan." Meine beiden Dienerinnen erledigen ihre Aufgaben treu, aber es gibt noch viel Handarbeit, die erledigt werden muss. Meine beiden Schwestern sollen vorerst bei mir bleiben, und viele Besuche müssen genossen werden.

„In der Familie des Pfarrers und in seiner Bibliothek gibt es gewisse Pflichten zu erledigen, die man den Dienern nicht anvertrauen sollte. Würde es dir passen, eine Zeit lang mein Helfer zu sein?"

„Oh, in der Tat, und in der Tat", rief Sally und hielt einen Moment inne, um zu würgen, „ich werde so gerne und mit größter Treue alles tun, was Sie verlangen; und ich werde im Moment nichts brauchen, ich habe Kleidung –"

„Tut, tut, Kind!" sagte Goodwife Kendall mit einem Lächeln. „Niemand sollte gut arbeiten, um nichts dafür zu erhalten, und ich werde dir zwei und sechs Pence pro Woche geben, sowohl um dich zu lehren, wie man ein wenig Geld weise verwendet, als auch um für das zu bezahlen, von dem ich weiß, dass du es mit Recht verdienen wirst."

Und als sie sah, dass Sally kurz davor war, in Tränen auszubrechen, fügte sie hinzu, während sie sich zur Tür umdrehte:

„Kommen Sie, Pfarrer Kendall wird die Kleidung, die Sie für sich selbst gekauft haben, zu Herrin Brace schicken und alles zurücklassen, wofür sie bezahlt hat. Es wird mir Freude bereiten, Sie von Zeit zu Zeit mit dem zu kleiden, was Sie brauchen. Aber es gibt sie." getrocknete Beeren, die man pflücken und einweichen kann, bevor man sie zum Abendessen schmort. Komm und lass mich dir zeigen, wie man sie zubereitet."

Kapitel XVII.
DIE SOLDATENKARTE

„O Fee! Fee! Ist das nicht großartig?"

Das Dienstmädchen Sally stand in einem kleinen Zimmer, das so ordentlich und hübsch eingerichtet war, dass es für sie war, als würde sie aufwachen und feststellen, dass einer ihrer angenehmen Träume wahr wurde.

In einer Ecke stand ein Kinderbett mit einem echten Federbett, an einer Seite stand eine kleine Kommode mit einem Spiegel darauf, ein Spiegel in einem quadratischen Rahmen, der in einen kleinen Ständer geschraubt war, damit sie ihn nach vorne oder hinten schieben konnte aus dem Zimmer; Am Fenster stand ein kleiner hölzerner Schaukelstuhl, und gegenüber dem Bett stand ein hübsch bemalter Waschtisch mit Schüssel und Krug, einer Seifenschale und einer Untertasse für Bürsten.

Sally blickte mit Vergnügen auf die einfachen, aber praktischen Dinge, von denen sie zuvor noch nie Gebrauch gemacht hatte. Dann sagte sie:

„Ich habe das Gefühl, dass diese Dinge zu mir passen. Ja, und sogar noch feinere Dinge könnten es auch sein. Warum steigen in mir immer solche Gefühle auf, wenn ich auf das schaue, was gut ist und weit über mir zu liegen scheint?"

„Das kann ich dir nicht sagen ", sagte ihre Fee.

„Ist Ihnen aufgefallen", fragte Sally, „was Herrin Cory Ann aus der Zunge entschlüpfte? Wie fragte sie mich, ob ich sicher sei, Amerikanerin zu sein?"

einer wütenden Frau wird so manches eitle und nutzlose Ding von der Zunge entschlüpfen. Ich glaube, sie wollte dich nur verspotten."

„Dennoch frage ich mich, was sie vielleicht weiß."

„Es wäre klüger, mit dem Wundern aufzuhören", erwiderte ihre Fee.

Und nun war es nicht nur ein neues Zuhause, sondern ein neues Leben, das der hübschen Magd zuteil geworden war.

Goodwife Kendall mochte es nicht, zu viel Zeit damit zu verbringen, sich die Haare zu frisieren, sich zu verkleiden und dergleichen. Dennoch freute es sie sehr, den schönen Flaum und die üppigen Locken von Sallys rotgoldenem Haar zu sehen, nachdem sie es mit einer guten Bürste und einem guten Kamm bearbeitet hatte.

Und eine „veränderliche" Seide aus Rosa und Grau, die eine „Asche von Rosen"-Farbe ergab, die ein Jahr lang nutzlos im Schrank gehangen hatte, machte ein so schickes Kleid für das blühende Dienstmädchen, dass Goodwife Kendall fürchtete, der strahlende junge Kopf könnte es tun Beim Anblick der schönen Vision, die aus dem kleinen Spiegel in die klaren, dunklen Augen zurückstrahlte, drehte man sich um.

, die verschiedensten Komplimente und süßen Sprüche, die sich auf das Wachstum und die Schönheit der Magd Sally Dukeen bezogen, von ihren Ohren fernzuhalten .

Als der Winter vorüberzog und der Frühling nahte, wurden die Drohungen und das Gemurmel gegen den Statthalter und den König immer lauter und immer lauter und mit weniger Furcht ausgesprochen. Auf den Feldern und auf den Plantagen wurde gearbeitet, aber an den Straßenecken und in den Geschäften trafen sich Männer, unterhielten sich lange und ernst und hatten ernste Gesichter und dunkle Brauen.

Sally hatte den Feenprinzen mehrmals vorbeifahren sehen, manchmal mit seiner Cousine Rosamond Earlscourt an seiner Seite. Mit anderen neuen Gefühlen fühlte sich Sally zurückgeblieben, als sie daran dachte, wieder auf den Sitz hinter der Hecke zu gehen. Sie konnte jetzt alles lesen, und das in mehr als einer Sprache. Es gab keine Entschuldigung mehr dafür, eine weitere Lektüre hören zu wollen, und irgendetwas sagte ihr, dass schlaues Zuhören für jemanden mit richtigen Ideen nicht angemessen war.

Eines Tages beim Abendessen – damals immer das Mittagessen – sagte Pfarrer Kendall:

„Es wird nun berichtet, dass Sir Percival Grandison nach langem Nachdenken es für seine Pflicht hält, sich auf die Seite des Königs zu stellen und nicht den Kolonisten zu helfen. Aber er hat große Mühe, den feurigen Geist seines kleinen Sohnes im Zaum zu halten Der Junge hält sich für alt genug, um einen eigenen Kopf zu haben, was er tatsächlich ist, und er wünscht sich unbedingt, dass sein Name als Soldat eingetragen wird, wenn es zu Kämpfen kommen muss. Es ist traurig, dass Vater und Sohn in so ernsten Zeiten getrennt sind , und Sir Percival möchte nicht hart mit seinem Sohn umgehen. Dennoch ist der junge Mann mit Leib und Seele bei den Kolonisten."

„Und wie alt ist er?" fragte eine der Schwestern.

„Er ist neunzehn, noch nicht volljährig."

„Aber wenn es zu Kämpfen kommen sollte, glaubst du nicht, dass es so manchen jungen Burschen geben würde", fragte Goodwife Kendall, „sogar von siebzehn oder achtzehn Jahren, wer würde auf unserer Seite in die Reihen eintreten?"

„Daran habe ich keinen Zweifel", antwortete der Pfarrer, „und es ist vielleicht sehr froh, dass wir auf die Hilfe der Jünglinge zurückgreifen können."

Niemand bemerkte, wie rosig das Gesicht von Maid Sally wurde oder wie kurz ihr Atem wurde, während das Gespräch andauerte. Aber schon lange bevor dies geschah, war sie zu dem Schluss gekommen, dass ihr Traumprinz im Falle eines Kriegsausbruchs mitten im Kampf und auf der richtigen Seite sein wollte.

Der Junge, der eines Abends am Rande des Rasens stand und mit festem, entschiedenem Ton sagte, er wolle sich wie ein Mann verhalten, würde sich niemals zahm hinsetzen und andere um die Freiheit kämpfen lassen, die er genießen sollte.

An einem lauen Abend weit nach Mitte April ging Sally in Richtung Ingleside. Der Klang der Stimme ihres Feenprinzen hatte sie im Herzen ermüdet, doch sie sagte sich, dass es kaum eine Chance gäbe, ihn zu hören, selbst wenn sie nur noch einmal auf den felsigen Sitz gehen würde. Denn hatte sie ihn erst wenige Augenblicke zuvor in der Kutsche von Ingleside vorbeifahren sehen?

NEIN; Sally dachte, er sei es, der neben seiner Schwester Lucretia saß, aber sie täuschte sich.

„Ich werde sehen, ob der Sitz noch da ist", sagte sie zu sich selbst, als sie, als sie die Hecke betrat, augenblicklich sah, dass die großen Steine genauso waren wie vor Monaten.

Ah! aber sie war erst ein paar Augenblicke dort gewesen, als sie beim Klang einer wohlbekannten Stimme errötete und die Hände fest zusammenfaltete, als schnelle Schritte auf die Laube zukamen.

„Jetzt hier", sagte die Stimme des Prinzen , „können wir reden, ohne Gefahr zu laufen, belauscht zu werden."

„Weißt du, Reginald, ich würde nicht freiwillig etwas tun, um meinen Vater zu stören oder zu verärgern, aber ich empfinde es als meine feierliche Pflicht, alles zu tun, was ein junger Mann tun kann, um Tyrannei und ungerechte Herrschaft, die Unterdrückung bedeutet, niederzuschlagen."

„Wie kann mein Vater zulassen, dass er sich so irrt? Oder wie kann er nicht erkennen, dass Gouverneur Dunmore uns beleidigt und wie Kinder behandelt hat, indem er uns unser Schießpulver weggenommen hat, sodass wir, wie er es getan hat, keine Möglichkeit haben, uns für den Fall des Falles zu verteidigen." eines Angriffs?

„Ich vermute, dass er seinen Fehler erkannte, als er uns dafür bezahlen musste, denn er konnte der Wut der Menschen nicht standhalten, als sie erfuhren, was getan worden war."

Die arme Sally hatte einen Stich gespürt, der schmerzte, als Lionel Grandison sagte: „Jetzt können wir hier reden, ohne Gefahr zu laufen, belauscht zu werden." Der nettere Teil ihres Wesens fragte, ob sie nicht sofort von den Felsen weggehen sollte. Aber sie hätte das kaum tun können, ohne belauscht zu werden, und bevor sie das riskierte, entschloss sie sich, dieses Mal zu bleiben, in Zukunft aber nicht mehr zwischen der Mauer und der Hecke in Ingleside zu sitzen.

Bromfeld war , der als nächstes sprach:

„Ich habe erst vor einer Stunde etwas aus Boston gehört, und die Stadt ist glühend heiß wegen des rechtswidrigen, gewagten Verhaltens der Soldaten und der Regierung, die sie hierher geschickt hat. Merken Sie sich meine Worte!" rief der junge Bromfeld aus , „es wird nicht mehr lange dauern, bis ein Schlag ausgeführt wird, der Krieg bedeutet , und wenn es soweit ist, wird man in der Nähe der Stadt Boston den ersten scharfen Knall einer Waffe hören."

„Und auch wenn dieser Schlag ausgeführt wird, werde ich am Boden sein, fast bevor man ‚Jack Robinson!' sagen kann."

„Ich würde, ich könnte auch gehen", sagte Lionel, „rennen wie ‚Sam Hill!'"

Beide jungen Männer lachten ein wenig, dann fragte Reginald:

„Aber wäre das das Beste? Es kann sein, dass Virginias Söhne bleiben müssen, um sie zu verteidigen. Du weißt, ich komme aus Boston und bin dort heimisch, obwohl mich geschäftliche Angelegenheiten meiner Mutter hierher geführt haben . "

„Ich habe nicht die Absicht, aus dem Dienst zu fliehen", sagte Lionel, „aber wo immer der erste harte Schlag für die Freiheit erfolgt, werden Männer gebraucht, und zumindest für eine gewisse Zeit denke ich, dass der Konflikt in der Nähe der Altstadt von Boston am heißesten sein wird."

In diesem Moment erklangen aus der Nähe des Hauses fröhliche Stimmen.

„Was du sagst, mag wahr sein", beeilte sich Reginald zu antworten, dann fügte er in einem schlauen Ton hinzu, „aber ich dachte, es gäbe vielleicht faire, ich könnte sagen, faire, das wäre deine erste süße Pflicht . " bleib und verteidige."

„Oh, bitte, halt!" rief Lionel halb ungeduldig. „ *Die* Schöne, die ich derzeit bewachen und verteidigen würde, ist mein Heimatland. Alle schönen Damen und Jungfrauen haben meinen Respekt und verlangen meinen Dienst, aber ich kann mir weder vorstellen, zu schimpfen noch zu gurren oder mit dem Geräusch klirrender Waffen zu werben, die hereingehoben werden unserer Mitte und von denen, die uns „Rebellen" nennen!

„Jetzt kommen die Damen. Und aufgepasst! Das Thema muss geändert werden. Ich spreche nicht gerne über Krieg mit denen, die es für eine Sünde halten, die Waffen gegen den König zu ergreifen."

Nachdem sie gegangen waren, saß Sally einige Momente gedankenverloren da.

„Manchmal scheint es, als ob er Lady Rosamond überhaupt nicht liebt", sagte sie verträumt.

Dann stand sie auf, schüttelte ihren hübschen Rock mit dem schlichten, aber geschmackvollen Überrock aus geblümtem Stoff aus und machte sich gemütlich auf den Heimweg.

Ihr Herzschlag beschleunigte sich und sie drehte den Kopf zur Seite, als an einer Straßenbiegung zwei Soldaten auftauchten. Normalerweise konnte sie es vermeiden, ihnen zu begegnen, aber heute Nacht waren sie so nah, dass sie zwangsläufig an ihnen vorbeikam.

Als sie vorbeieilte, flatterten einige grüne Zweige, die sie in der Hand gehalten hatte, zu Boden. Im nächsten Augenblick war eine große, anmutige Gestalt an ihrer Seite, und ein Paar neugieriger Augen blickte in ihre Strohhaube.

„Erlauben Sie mir, Ma'selle ", sagte eine angenehme Stimme und die grünen Sprays wurden ihr angeboten.

Sally hatte überrascht den Blick gehoben, sagte aber „Danke" und eilte weiter, als der Soldat plötzlich „Ah! ah!" rief. als wäre sie von der Schönheit des jungen Gesichts überrascht und hätte keine Lust, die Magd so leicht entkommen zu lassen.

„Heute Abend sind viele im Ausland", sagte er mit einer seltsamen Art, seine Worte zu nennen, „und es könnte praktisch sein, eine Freundin in der Nähe zu haben; würde Ma'selle mir erlauben, neben ihr zu gehen ? "

Aber Sally war trotz all ihrer Schüchternheit zuweilen keine Feigling, und sie wusste ganz genau, dass der britische Soldat und ein Fremder nicht versuchen sollten, mit ihr zu gehen. Also antwortete sie mit leiser Stimme, aber mit einer feinen, mädchenhaften Miene:

„Mein Zuhause ist beim Pfarrer in der Nähe. Ich habe keine Angst, und es ist auch nicht nötig, dass jemand mit mir geht." und sie hob ihren Blick teilweise zu seinem Gesicht.

Der Soldat sagte „Ah!" Noch einmal, aber diesmal mit einer so großen Überraschung, dass Sally ihm direkt ins Gesicht sah, und siehe da! Es war überhaupt kein junger Mann, den sie sah, sondern ein großer, gutaussehender Mann mit dichtem Schnurrbart, der langsam ergraute.

Damals trugen weder Engländer noch Amerikaner einen Schnurrbart. Oft trug man einen Bart oder einen Backenbart, aber Sally hatte noch nie zuvor einen Mann mit langen Schnurrbärten gesehen, die über seine glatte Wange strichen.

Aber es war nicht der tapfere, vornehme Blick des Soldaten, der Sally dazu brachte, einen Moment innezuhalten und seinen Blick auf sein Gesicht zu richten. Bei seinem Anblick wurde eine dunkle Erinnerung wach. Als sie den Blick senkte, sagte der Soldat mit sanfter Stimme:

Ma'selle nicht ihren Namen nennen? Ich trage einen Namen, der gleichzeitig wahr und bewährt ist, und einer, für den ich mich niemals schämen sollte. Ich würde wissen, wie Ma'selle heißt."

Sally dachte schnell nach.

„Pfarrer Kendall sollte besser meinen Namen nennen " , sagte sie. „Oh, und da kommt Mammy!"

Leezer sah , die im richtigen Moment gekommen war, eilte Sally unter einem Vorwand davon, um davonzulaufen.

Mammy war in großem Glanz unterwegs. Ein fröhliches Kopftuch, eigentlich ein Taschentuch aus roter Seide mit gelben Punkten, wurde zu einem fröhlichen Turban zusammengearbeitet, mit Hasenohren, die knapp über der Mitte ihrer Stirn aufrecht standen.

Ein weiteres fröhliches Kopftuch war über ihren üppigen Busen gekreuzt, und ihr Rock aus weißer Baumwolle mit einem roten Streifen war steif vor Stärke, so dass Mammy beim langsamen Vorbeikommen fast wie ein Segelballon aussah.

„Was für ein Ding „Sojer Mann sagt zu dir, Schatz?" fragte sie, als Sally auf eine Weise auf sie zuflog, um ihrem liebevollen alten Herzen Gutes zu tun.

„Nicht viel", sagte Sally. „Ich ließ ein paar Blätter fallen und er hob sie für mich auf, aber ich wollte nicht, dass er neben mich trat, also rannte ich auf dich zu."

„Was ich auch tun muss " , sagte Mammy würdevoll. „ Lass nicht zu , dass keiner von diesen Briten dein hübsches Gesicht strahlt , Schatz, und hast auch nicht ein bisschen Angst vor ihnen, nein . Ich hatte keine Angst . " ob de Gesicht aus Ton, und dar Machen Sie keine Augen auf mich, wenn ich abends spazieren gehe .

Sally wollte über die pompöse Miene lachen, mit der Mammy wie ein alter Dragoner dahinschritt, dachte sie, denn das milde Frühlingswetter hatte ihr bei Rheuma geholfen, und sie kam mit beträchtlichem Komfort zurecht.

Aber die Straße gabelte sich, und Mammy ging weiter nach Ingleside, während Sally weiter zum Pfarrhaus ging .

Kiesweg hinaufging, als sie eine sanfte Stimme neben sich sagen hörte:

„Erlauben Sie mir, Ma'selle ", und das Schwert des großen Soldaten knirschte auf dem Weg, als er, tief gebeugt, eine Karte in ihre Armbeuge steckte. Dann hob er seinen mit goldener Spitze verzierten Hut hoch über seinen Kopf und sagte mit seinem sanften Akzent: „Au revoir, ma'selle ." Und er war weg.

„Er ist Franzose", sagte Sally, „denn er sagte ‚Au revoir, ma'selle ‘, und das bedeutet ‚Adieu oder auf Wiedersehen, Mademoiselle, bis wir uns wiedersehen'."

Kapitel XVIII.
DAS BRUCH DES STURMS

Der Frieden war zu Ende. Der Geruch des Krieges lag in der Luft. Der Mai war angebrochen, heiß, süß und erfüllt vom Klang vieler Zungen. Seltsame, wilde Dinge geschahen, und zwar so schnell, dass die Menschen kaum schlafen konnten, so gespannt waren sie auf Neuigkeiten.

Lord Dunmore, der Gouverneur von Virginia, galt als Feind, falsch und gefährlich. Neben dem Versuch, den Menschen ihr gesamtes Schießpulver wegzunehmen, stellte sich heraus, dass er versucht hatte, die Indianer zu einem ihrer grausamen Angriffe auf die Menschen aufzustacheln. Bald darauf verließ er Williamsburg, um nicht zurückzukehren.

Damals verbreiteten sich die Nachrichten nur langsam, und so schien bereits einige Wochen lang die Maisonne, als ein Mann zu Pferd die Nachricht überbrachte, dass es etwa zur gleichen Zeit, als das Schießpulver beschlagnahmt worden war, tatsächlich in der Nähe von Boston zu Kämpfen gekommen sei.

"Denk daran!" rief Pfarrer Kendall, der mittags am Tisch saß; „Der Bote, der heute Morgen in die Stadt ritt, sagt, dass in Lexington, nicht weit von Boston, sieben unserer Minutemen getötet und vier weitere verwundet wurden. Und auch in Concord, ganz in der Nähe, kam es bald zu weiteren Kämpfen.

„Glaubt irgendjemand, dass wir danach unsere Waffen niederlegen werden? Nicht so! Nicht so!" rief der Pfarrer. „Die Briten stürmten vor und zerstörten unsere Vorräte, was eine Zeit lang trauriges Chaos anrichtete, aber zu welchem Preis! Schon bald sollten sie wissen, mit was für Rebellen sie es zu tun hatten."

„Die ganze Truppe kontinentaler Soldaten griff zu ihren Waffen, die Nachricht verbreitete sich von Mund zu Mund und von Stadt zu Stadt. Die Leute von Bauernhöfen, Dörfern und Geschäften strömten heraus. Jungen, die jemals mit einer Waffe hantiert hatten, stürmten zum Tatort, Und hinter Bäumen, Felsen und Gebäuden drang ein stetiges Feuer in die britischen Reihen, und wenn aus Boston keine Hilfe zu ihnen gekommen wäre, wäre keiner dieser britischen Soldaten lebend davongekommen. Dreihundert von ihnen wurden ohnehin niedergeschlagen.

„Ehre sei Gott! Solche Männer wie unsere können nicht besiegt werden. Aber die Stadt brennt. Der junge Reginald Bromfeld, der viele Verwandte in Boston hat, ist im Begriff, mit einer Gruppe Jugendlicher nach Boston aufzubrechen, und erklärt, dass er es kann. " Ich kann es kaum erwarten, die

Reise anzutreten, so sehr ist er darauf bedacht, eine Muskete zu schultern, ja, und sie auch zu benutzen. Ich kann dem Jungen nur viel Glück wünschen!

„Sir Percival Grandison, den ich nur für einen guten Mann halten kann, hat seinem Sohn verboten – höchst unklug, fürchte ich –, sich hier oder anderswo an den Kolonisten zu beteiligen. Und Sir Percival ist ein Mann mit eisernem Willen. Verrät mir! aber ich bin fest davon überzeugt, dass er den Jungen mit Gewalt von Boston fernhalten würde, wenn er es auf keine andere Weise tun könnte.

„Und es wurde auch gesagt, dass die stolze Magd, Rosamond Earlscourt , alles in ihrer Macht stehende gesagt hat, um ihm das Gefühl zu geben, dass er sich sowohl ungerecht als auch unfreundlich verhält, indem er eine andere Seite als die seiner Eltern und seines Schatzes vertritt – denn das scheint sie zu sein . “ hält sich selbst. Kein Gentleman aus dem Süden würde solche Worte mögen.

„Und es heißt, dass Sir Percival vorhat , eine Zeit lang nach England zu gehen, sobald die geschäftlichen Angelegenheiten hier geregelt werden können und es erlauben. Ah, aber er muss schnell handeln!“

Sally hatte mit kribbelnden Ohren zugehört.

Doch die ganze Zeit über beschäftigte sie eine rätselhafte Frage, die mit der Soldatenkarte zu tun hatte. Beim Schein einer Kerze hatte sie in der Nacht, in der sie sie empfing, einen Namen gesehen, der sie dazu veranlasste, aufzustehen. Denn sie erkannte sofort, dass es dasselbe war, was sie auf dem Umhang und in dem Brief in Mistress Braces kleinem Koffer gesehen hatte.

„Was könnte es bedeuten?“ Sally fürchtete sich davor, es zu wissen, denn der Name war eindeutig ein französischer. Sie empfand weder Liebe noch Zuneigung für britische Soldaten, noch weniger für einen französischen Soldaten, der zu den Waffen gegen ihr eigenes teures Land greifen würde.

„Denn es *soll* mein eigenes, liebes Land sein“, sagte sie und die entschlossene Spalte machte sich in ihrem Kinn breit.

Aber es blieb nur wenig Zeit, um sich mit Geheimnissen oder verborgenen Dingen zu beschäftigen. Der Krieg hatte begonnen, und ihr Prinz in Ingleside musste gegen seine engsten Freunde kämpfen, wenn er in die Schlacht ziehen wollte.

„Ich wünschte, ich könnte dir helfen, Feenprinz!“ sie weinte in ihrem Herzen.

Hat ein gütiger Geist ihr Gebet erhört?

Drei Tage später, gegen Ende des Nachmittags, ging Sally zu dem waldreichen Ort und den Kiefern, die sie schon lange liebte.

Sie ging auf die andere Seite der großen Eiche und setzte sich mit dem Rücken gegen den Baum auf das Moos. Sie war von dem schmalen Pfad aus kaum zu erkennen, da sie so gemütlich zusammengerollt dasaß.

„Sie sagen" – sie hielt den Atem an – „dass am nächsten Morgen Reginald Bromfeld , mein Feenprinz, Leon Sutcliff, Edward Byrd, Hugh Spottswood und andere aufbrechen , um sich den Streitkräften in Boston anzuschließen, so sicher sind sie alle." Den Menschen ist klar, dass in dieser Gegend großer Unfrieden bevorsteht. Und sie sollen sehr schnell vorwärts drängen, in der Hoffnung, noch rechtzeitig fertig zu werden.

„Ich muss morgen früh einen Blick auf meinen Feenprinzen werfen. Er wird nicht hören, wie ich ihm „Gott sei Dank" sage, aber Gott sei Dank, ich werde ihn von ganzem Herzen bitten."

Sie stand auf und wollte weitergehen, aber an einer kleinen Biegung im Dickicht der Straße weiter draußen sah sie drei Reiter langsam näherkommen. Sie trugen leichte Reitmäntel, die die scharlachroten Mäntel der Männer des Königs verdeckt hatten, aber diese Oberbekleidung war jetzt offen und zeigte deutlich die Farben darunter. Sally setzte sich sofort wieder hin und schmiegte sich eng an die Rückseite der Eiche, in der Hoffnung, nicht gesehen zu werden, während sie im Gänsemarsch vorbeiritten.

Als er näher kam, drehte sich der erste Mann in seinem Sattel um, um auf die Bemerkung eines seiner Kameraden zu antworten.

„Ich behaupte", rief er leise, „dass es mir nicht gefiel, dass er so ruhig blieb. Es hätte mir besser gedient, wenn er getreten oder sein Temperament gezeigt hätte, wie ich es erwartet hatte."

„Was hätte das gebracht?" fragte der andere und hielt sein Pferd einen Moment an, das schien gut angelegt zu sein.

„Nicht gut", antwortete der erste Mann; „Aber es war bestenfalls ein schmutziges Stück Arbeit. Ich wünschte, Sir Percival hätte einen anderen Weg finden können, seinen kleinen Sohn zurückzuhalten. Es wäre seltsam, den Jungen auf diese Weise wegzulocken. Er dachte wirklich, er würde uns den Weg zeigen." , die Farben, die wir trugen, erst zu spät zu sehen.

„Mein Feenprinz!" keuchte Maid Sally, „mein Feenprinz!"

„Reden Sie nicht mehr", sagte der dritte Mann energisch. „Es wurde kein Schaden angerichtet, überhaupt kein Schaden! Und wir sollen gut bezahlt werden. Der Junge wird einfach festgehalten, bis es zu spät ist, sich seinen Kameraden anzuschließen, etwa zwei Tage oder so."

„Ich fürchte halb, dass der scharfe Verstand des Jungen einen Fluchtweg für ihn finden wird", sagte der erste Redner, „und er ist nur sechs Stunden Fahrt von Pamunkey Turnpike entfernt, wohin die anderen morgen Mittag fahren werden.“

"Aha!" sagte der dritte Mann, „aber Farmer Hinds wird gut auf ihn aufpassen. Seine Belohnung wird zweifellos seine Augen schärfen.“

„Es würde ihm gut gehen, wenn er sich nur ein Pferd besorgen würde“, sagte der erste Mann.

„Und er wird in den nächsten Tagen kein Pferd mehr in die Nähe von Darius Hinds‘ altem Bauernhof bringen“, sagte der zweite Mann. „Viele Ochsen, aber nie ein Pferd oder ein Maultier. Aber komm schon! Ich bin müde. Unsere Arbeit ist getan. Und niemand weiß etwas, außer dass dem kessen jungen Verschwörer Bromfeld das im letzten Moment gesagt wurde, Sir Der aufstrebende Krieger von Percival Grandison hatte seine Meinung geändert und sich auf eine kleine Reise begeben.

KAPITEL XIX.
EINE NACHT

Hausmädchen Sally ging mit gesenktem Kopf und vollem Herzen nach Hause. Sie kannte die ganze Geschichte. Was sollte sie tun? Parson Kendall davon erzählen und ihn zur Rettung fliegen lassen? Dann könnten die Männer des Königs eingreifen, und dem guten Pfarrer käme große Not zu.

Ah! sie wusste, was zu tun war. Finden Sie Reginald Bromfeld , lassen Sie die Schwulentruppe morgen dort vorbei und lassen Sie ihren Kameraden frei. Das könnten sie problemlos tun, auch wenn es etwas Zeit in Anspruch nehmen würde.

Sie ging zum Abendessen nach Hause und machte sich dann mit der Ankündigung, einen Spaziergang zu machen, auf den Weg zur etwa eine Meile entfernten Witwe Bromfeld . Als sie sich dem Ort näherte, traf sie einen alten farbigen Onkel und fragte, wo sie Meister Reginald Bromfeld finden könnte .

„ Nowhar ", antwortete der alte Mann. „Er ist mit dem jungen Mars' Sutcliff, Mars' Byrd, Mars' Spottswood , Mars' Norris und Mars' Culpeper nach Bosting Town gegangen, und nur der gute Lawd weiß , was das ist ." em Ebber kommt als Alibe zurück .

„Wann sind sie gegangen?" keuchte Sally.

„Vor zwei Stunden, Missy. Aus irgendeinem Grund ging es darum, Waffen zu bekommen , mein Gott Ich muss auf dem Weg anhalten. Aber morgen Mittag kommen alle an die große Autobahn . Den dey Schnitte für 'Bosting.'

Sally drehte sich um und war schnell zu Hause und in ihrem Zimmer. Als es noch früh war , ging sie zu Bett.

Aber der Schlaf war für die Augen des Mädchens so weit entfernt, als hätte er so etwas noch nie erlebt. Ihr Feenprinz war gefangen worden, zwar sanft, aber doch gefangen, und an einen Ort geführt worden, an dem er beobachtet wurde und seine Freunde erst treffen konnte, als es zu spät war, sich an der großen Schlacht zu beteiligen, von der sie glaubten, dass sie nahe bevorstand.

„Und er ist auf der Farm von Darius Hinds, sechs Stunden von Pamunkey Turnpike entfernt", sagte sie, als würde sie eine gut gelernte Lektion wiederholen.

Als sie sich in dieser Nacht hinlegte, war sich Sally fast sicher, dass es für ihren armen Prinzen keine Hilfe gab. Die Zeiten waren gefährlich. Zu erzählen, was sie wusste, könnte in ihrer Mitte Streit auslösen. Sie hatte Angst um andere, aber nie um sich selbst.

Als die Uhr auf der Treppe elf schlug, seufzte sie tief. „Wenn ich ihm nur helfen könnte!" sie weinte leise vor sich hin.

„Ich *werde* ihm helfen!" Sie weinte erneut: „Das werde ich."

Dann hielt sie selbstüberrascht inne.

„Was ist da in mir", fragte sie, „das mit solcher Kraft aufspringt, wann immer ich sage ‚Das werde ich?' Und was bringt mich dazu, das zu sagen? Habe ich seltsames, zähes Blut in meinen Adern, das in mir den Wunsch weckt, zu kämpfen? Ich will kämpfen! Man erzählt , dass Jungen im Alter von zwölf Jahren Waffen schultern und in Boston in die Schlacht stürmen. Eine Waffe würde ich Noch in dieser Nacht schultern und losmarschieren, um gegen diese Rotröcke zu kämpfen, wenn ich ein Junge wäre. Ich bin nur ein vierzehnjähriges Dienstmädchen, aber etwas, das ich gerne für mein Land und leider auch für meinen Feenprinzen tun würde.

Sie legte ihren rotgoldenen Kopf auf ihre Arme, die über ihren Knien verschränkt waren, als sie sich im Bett aufrichtete, und mehrere Augenblicke lang sprach sie weder, noch rührte sie sich.

Plötzlich, als hätte jemand ein Streichholz an einen Puderbeutel berührt, fuhr sie auf, ihre Augen waren wild vor Aufregung.

"Ich habe es!" rief sie und sprang sanft auf den Boden. „Ich habe es! Möge ich nur das Glück haben, nach dem ich mich sehne, und mein Traumprinz wird freikommen!"

Ihre roten Lippen sagten nicht, was sie tun wollte. Aber sie kleidete sich schlicht und sorgfältig, und aus einer Schublade holte sie ein Stück schwarze Spitze und wickelte es sich um den Kopf und über die Stirn.

Sie kroch die Treppe hinunter und zog auf der Veranda einen langen, geraden Mantel an, den der Pfarrer trug, wenn er im Garten arbeitete, und setzte sich einen alten Strohhut mit breitem Rand auf den Kopf , der ihr Gesicht halb beschattete.

Dann wurde sie an einer nicht verschlossenen Hintertür ohnmächtig und ging mit langen, unvorsichtigen Schritten auf die Straße.

So sah man die farbigen Jungen oft spät in der Nacht von Ort zu Ort ziehen. Und mit ihrem goldenen Haar, das unter der dunklen Spitze festgebunden war, ihrem Gesicht, das teilweise von dem großen Hut bedeckt war, und dem fest zugeknöpften Mantel, der fast bis zu ihren Fersen reichte, hätte man Sally durchaus für einen großen Jungen halten können, der einen Auftrag erledigte oder mit großen Schritten nach Hause ging von einem späten Tanz.

Sie ging direkt nach Ingleside und erreichte es vom Pfarrhaus unterhalb der Ställe, und, oh, Freude! Sie schrie fast vor Freude auf.

Hotspur war in einer quadratischen Koppel weit hinter den Ställen angebunden, neben ihm Sampson oder „ Samp ", ein riesiger Wachhund, der keinen Fremden an sich herangelassen hätte. Aber Samp kannte sie gut und beruhigte ihn mit einem sanften Wort.

Was Sally so sicher machte, dass sie ein großes, feuriges Pferd reiten konnte, konnte sie nicht sagen, aber manche Naturen dort sind so furchtlos und doch so süß, dass Tiere ihnen folgen, wohin sie auch führen.

Und als Maid Sally zu Hotspur hinaufging und den schönen kurzen Kopf herabzog und die weiche Nase tätschelte und zwickte, ihn dann, indem sie ein paar Stangen herabließ und am Zaumzeug zog, über das dichte Gras führte, folgte das große Geschöpf langsam , stiller Schritt, als das tapfere junge Mädchen in die Nebenstraße hinausging. Samp ging zurück, wie es ihm befohlen worden war, gehorsam wie ein Kind.

Weiter ging Sally, ihr Herz klopfte, damit sie nicht jemand hören und ihr scharf befehlen könnte, zurückzukommen.

In einiger Entfernung führte sie Hotspur zu einem Zaunübertritt, kletterte hinauf, immer noch das Zaumzeug festhaltend, und stieg ohne Unfall auf.

„Jetzt auf und ab, Hotspur!" sie weinte und drückte ihre Füße an die kräftigen Seiten. Und auf und ab ging es!

Denn Sally zog weder die Zügel an, noch unterbrach Hotspur seinen langen, prächtigen Schritt, bis fast eine Stunde vergangen war.

„FÜR SALLY HABEN WEDER DREW REIN NOCH HOTSPUR EINMAL SEINEN LANGEN, HERRLICHEN SCHRITT ABGEBROCHEN."

Sally hatte die Richtung bemerkt, aus der die drei Reiter am Nachmittag gekommen waren. Sie wusste auch, dass Pamunkey Turnpike fast eine Tagesreise von Williamsburg entfernt war.

Ganze vier Stunden muss sie fahren, bevor sie die halbe Strecke zurücklegt. Aber der Bühnenwagen war langsam im Vergleich zu Hotspurs schnellen Hufen.

Als sie durch die Stadt ritt, hatte die Uhr im Gemeindehaus zwölf geschlagen, und jetzt musste es ungefähr eins sein. Aber eine einzige Hilfe könnte sie brauchen, um sie zu führen, und sie sagte sich:

„ Nun , Pfarrer Kendall hat mir etwas über die Sterne beigebracht. Ich muss den großen Wagen direkt vor mir behalten, sonst ändere ich meinen Kurs. Pamunkey Turnpike liegt in der Luftlinie vor mir. Das habe ich oft genug gehört."

Als wäre ihre eigene Stimme wie Gesellschaft, fragte sie:

„Was muss ich nun tun, gute Fee?"

Und sie tat so, als hätte ihre Fee geantwortet:

„Seien Sie weise. Sprechen Sie mit niemandem, es sei denn, Sie werden dazu gezwungen. Stoßen Sie Hotspur mit einem spitzen Zeh in die Seite, falls jemand versucht, Sie aufzuhalten. Wenn Sie sprechen müssen, tun Sie dies in den Worten und Tönen der Schwarzen. Das könnten Sie sehr gut tun." Nun ja. Machen Sie ein seltsames Durcheinander aus dem, was Sie sagen, um jeden zu verwirren, der Sie befragen könnte.

Und Sally antwortete zurückhaltend:

„Alle diese Befehle werde ich befolgen."

Dann lachte sie fröhlich, und Hotspur streckte plötzlich seine Hinterbeine aus, als wäre er selbst voller Spaß.

Zwei Stunden lang ritt Sally ungestört weiter, dann tauchte ein großer Wagen auf, dem sie entweder begegnen oder sich irgendwo verstecken musste, um ihm auszuweichen.

Sie hielt es für sicherer, hinter eine große Scheune zu reiten und sich zu verstecken. Aber Hotspur gefiel es, nicht in den dunklen Schatten hineingezogen zu werden. Gerade als der Wagen vorbeirumpelte, wieherte er laut. Irgendwo oben ging ein Fenster auf.

"Wer ist da?" rief eine raue Stimme. „Antworte, oder ich lasse die Hunde raus."

„Sagen Sie, Mars", rief Sally in schrillem Ton, „wie weit ist es bis zu Parson Kendall und wie weit bis zu Farmer Hinds?"

„Du musst ein Narr sein!" antwortete die schroffe Stimme. „Parson Kendalls liegt weit dahinter, zwei bis drei Stunden Fahrt. Hinds' Ort liegt zwei Stunden weiter, geradeaus an den Büschen entlang, durch den Eichengürtel und weiter am Flussweg."

„Geradeaus auf der Bush Road, nicht wahr?" fragte Sally.

„Folge deiner dummen Nase, und ein halbstündiger Ritt bringt dich dorthin. Ich frage mich, wessen Pferd hast du da?"

„Yah! Yah! Das kriegt mich verdammt noch mal in Ordnung", schrie Sally und schlug mit dem Absatz gegen Hotspur, sie flog wie eine Rakete davon und hörte nichts mehr.

Aber alack! Als nächstes näherten sich fünf oder sechs Reiter auf der einsamen Straße, und es schien keinen Ausweg zu geben. Das Haus und die Scheune lagen weit zurück, und sie hätte sich auch nicht umgedreht und geflohen. Vor uns lagen nur offene Felder und Wiesen.

Dann machte Sally einen Fehler.

Sie zog einen stechenden Schössling aus einem Busch und überlegte, Hotspur einen klugen Schalter zu geben, und rannte so vorbei, als die Männer herankamen. Hätte sie es nur gewusst, hätte ein sanfter Schlag ihrer Hand auf seine glänzende Flanke und ein Zischen ins Ohr das stolze Tier wie ein Reh vorwärtsspringen lassen, genau so, wie sie es sich gewünscht hatte.

Ein so schönes Pferd würde überall auffallen, und es waren Männer im Ausland, die sich Hotspur gerne als reiche Beute geschnappt und ihn dorthin getragen hätten, wo er einen hohen Preis mitgebracht und nicht allzu viele Fragen gestellt hätte.

Sally ließ den Männern einen weiten Weg, aber einer rief scharf:

„Halt! Wer geht da hin? Im Namen des Königs, wer bist du?"

Sally verpasste Hotspur einen wilden Hieb mit der Peitsche in ihrer Hand. Das temperamentvolle Geschöpf blieb abrupt stehen und bäumte sich dann so hoch auf, dass die Magd nur dadurch, dass sie ihre Arme um seinen Hals schlang, verhindern konnte, dass sie zu Boden geschleudert wurde.

„Hotspur! Hotspur!" schrie sie ihm ins Ohr: „Mach weiter, oh, mach weiter!"

Laut rief sie:

„Oh, was macht Mars' Kendall, was macht Mars' Hancocke , wenn wir zu spät kommen !"

"Wer bist du?" schrie ein anderer Mann und ritt näher; und Sally jammerte erneut darüber, dass sie zu spät kam.

„Hör auf mit deinem Unsinn!" „, rief ein anderer Mann und versuchte, nahe genug an den immer noch tänzelnden Hotspur heranzukommen, um sich an dessen zerbrechlichem Zaumzeug festzuhalten.

Diesmal machte Zimmermädchen Sally keinen Fehler.

Sie hob ihren Arm und versetzte dem Pferd des Mannes einen Schnitt ins Gesicht, der ihn wie verrückt zusammenfahren ließ und auch die anderen in Panik versetzte.

Im selben Moment schrie Sally Hotspur ins Ohr: „Mach weiter, Junge! Jetzt, jetzt, Hotspur, sch ! sch !" Und sie tätschelte schnell, aber sanft seinen Hals und drückte einen Fuß gegen seine Seite.

Mit einem Sprung nach vorne war Hotspur in einem heißen Rennen unterwegs, das Sally nicht kontrollieren konnte. Sie lag auf seinem Rücken und rollte von einer Seite zur anderen, während Hotspur, dessen wildes Blut jetzt aufstieg, an Büschen und Bäumen zerrte, über eine kleine Brücke raste, einen Hügel hinauf und einen anderen hinunter rannte und nur Sallys leisen Rufen nachgab, als sie kam in ein schlafendes Dorf und eine Uhr schlug drei.

„Ich hatte wirklich keine Angst", sagte das mutige Mädchen.

Nach einer weiteren Stunde hatte sie das Gefühl, dass sie in der Nähe von Farmer Hinds sein sollte. Und sie freute sich, ein Gespann Ochsen dahintrampeln zu sehen, hinter ihnen ein großer Planwagen. Seiner Erscheinung nach zu urteilen, ging ein farbiger Mann neben ihnen.

Im Wagen waren Möbel aufgestapelt, und Sally konnte leicht vermuten, dass eine Familie umziehen wollte und ein Diener noch vor Tagesanbruch mit einigen Möbeln losgeschickt worden war.

„Ich sage, Onkel", rief sie freundlich, „ whar. " Dieser Mann Hinds hat seine Farm?

„ Woher weißt du das ?" war die Antwort.

„ Whar „Dat Hinds leben?" rief Sally.

„Du solltest besser aussteigen „Dat hoss", sagte der provozierende alte Mann.

Plötzlich erklang irgendwo zwischen dem Lastwagen und dem Waggon eine kleine dünne, pfeifende Stimme:

„Gehen Sie einfach weiter, und bald kommen Sie zu einem Hügel, dann zu einem Treffpunkt , dann zu einem Stück Flussufer , und direkt vor Ihnen im Wald liegt das Ackerland der Hindses ."

Wieder war es eine lange Strecke und ein einsamer Weg, aber der Morgen war angebrochen, als Sally und ihr tapferes Ross ein tiefes Tal in der Nähe des Hinds-Ackerlandes erreichten.

Hier band sie Hotspur am Zaumzeug fest, und nachdem sie lange Setzlinge gefunden hatte, drehte sie diese in das Zaumzeug auf der anderen Seite und brachte das Pferd so schnell wie möglich an einen kräftigen, aber schlanken Baum.

Dann hatte sie das Gefühl, dass der schwierigste Teil von allem vor ihr lag.

„Du musst mutig sein", sagte ihre Fee. „Du bist müde und aufgeregt, aber hellwach. Machen Sie keine Fehler. Denken Sie daran, Hotspur ist in der Nähe. Der Feenprinz kann seine Freunde vielleicht noch rechtzeitig erreichen. Aber Vorsicht. Er ist zweifellos ein Gefangener. Seien Sie scharfsinnig!"

KAPITEL XX.
IN DER KAMPAGNE

Sallys leiser Schritt wurde nur von einem großen Hund gehört, der herausstürmte, als sie zu den Heuställen auf dem Farmland der Hinds kroch.

Sie freundete sich leicht mit dem Hund an, der leise davon trottete, nachdem er gestreichelt und beruhigt worden war.

Es war offensichtlich, dass einige der Hausangestellten bereits aufgestanden waren, aber Sally hielt sich so gut sie konnte außer Sicht.

Eine Sache, die sie tat, gefiel ihr sehr.

Sie ging in die Scheune und füllte die Vorderseite des Mantels mit Heu. Dies brachte sie zu Hotspur, der das knusprige Frühstück sehr genoss.

„Ich wünschte, ich könnte dir Wasser bringen, Liebes", sagte sie, „aber wie soll ich mein eigenes Frühstück bekommen?"

Denn trotz all ihrer Klugheit hatte das Mädchen beim Aufbruch keinen einzigen Gedanken ans Essen verschwendet, und ein gesundes Mädchen von vierzehn Jahren konnte nach einem vierstündigen Ritt nicht lange vergessen, dass sie Hunger verspürte.

Doch nach wenigen Augenblicken sollte sie froh sein, sich mit dem tollen Hund angefreundet zu haben. Für einen farbigen Jungen stellte man für das Frühstück des Hundes eine Pfanne mit Fleischknochen, kaltem Keks und einer Schüssel Wasser neben den Schuppen.

Als der Junge davonschlurfte, kroch Sally heran und schnappte sich zwei Kekse, und oh, was für ein Glück! Ein guter Donut, lang und gedreht, lag dicht am Keks. Das hat sie sich auch geschnappt.

„Sicherlich kann ich einen Teil des Hundefutters bekommen, ohne zu stehlen", sagte sie.

Dann überlegte sie, wie es weitergehen sollte. Zeit war kostbar.

Nun kann man durchaus annehmen, dass eine so kluge Magd wie Sally während ihrer langen Fahrt versucht hätte, sich einen Plan auszudenken, der ihr am Ende ihrer Reise helfen könnte. Und sie hatte nicht vergessen, dass ihr alles, was sie über den gegenwärtigen Zustand ihres Feenprinzen gehört und erfahren hatte, zu Ohren gekommen war, als sie an einem Baum saß.

„Könnte mir nicht wieder ein Baum helfen?" Sie fragte. „Könnte ich nur ein Geräusch machen oder ein Zeichen geben, es würde mir sicherlich helfen, wenn nur der junge Prinz nahe genug käme. Ich kann mir keinen anderen

Weg vorstellen, als mich im Haus zu verstecken und auf eine Chance auf ein schnelles Wort zu achten." "

Ah, aber wenn andere in der Nähe sind, wie lange könnte es dauern, bis sich die Chance ergibt. Und die Zeit verging schnell.

Vor dem Haus stand eine schöne Ulme, und Sally beschloss, hineinzuklettern und sich zumindest gründlich umzusehen. Die Zweige wuchsen eng zusammen und kamen glücklicherweise näher an den Boden als gewöhnlich.

Sie schaute einige Zeit zu, bevor sie den Aufstieg wagte, aber schließlich fand sie einen Platz, wo sie sich hinsetzen konnte, und die großen Äste bildeten einen sehr guten Sichtschutz.

Eine weitere kostbare Stunde verging; es war zwischen fünf und sechs Uhr. Landarbeiter waren am Werk. Sally konnte sie in der Ferne sehen.

Plötzlich stockte ihr der Atem, ganz natürlich, wenn sie überrascht oder aufgeregt war.

Denn dort an der Haustür stand ihr Feenprinz, aber mit welch düsterem und verdüstertem Gesicht! Und dicht neben ihm war ein starker und standhafter Mann.

„Seine Wache!" flüsterte Sally. „Beschämend, oh, beschämend!"

Die beiden schlenderten den Weg hinaus und hinunter. Sally verschluckte sich fast, als sie in der Nähe des Baumes stehen blieben. In ihrer Hand hielt sie ein Stück Rinde, das sie mit Absicht gepflückt hatte.

Der ältere Mann drehte den Kopf. Ein Stück Rinde flatterte dicht neben den Füßen des jungen Lionel. Unten flatterte ein anderer. Der junge Mann blickte auf. Sally machte ein schnelles Zeichen.

„Ich frage mich, woher der Wind kommt", sagte Lionel; „Die Fahne ist gerade außer Sichtweite."

Der Mann ging ein paar Meter entfernt auf eine Ecke des Hauses zu.

„Schau nicht nach oben", rief Sally laut flüsternd, „aber Hotspur ist hier. Unten im Tal rechts. Lauf! Er ist nur leicht gefesselt. Die anderen werden mittags am Pamunkey Turnpike sein."

Der Mann drehte sich bereits um und Sally war überrascht und, ah! Wie enttäuscht war sie, als sie sah, wie ihr Feenprinz leise mit ihm auf die Veranda ging.

Hat er sie nicht gehört? Glaubte er ihr nicht? Die Tage waren so, dass die Menschen schlau waren, schnell eine Idee begriffen und sie schnell umsetzten.

Aha! Als die schwere und dicke Haustür erreicht war und beide eintraten, gab Lionel dem Mann einen plötzlichen Stoß, der ihn kopfüber in den Flur schickte; Dann knallte er gegen die Tür und stürmte wie verrückt zum Tal, das nach rechts abfiel.

Einen Augenblick später öffnete sich die große Tür und der Diener und ein anderer Mann rannten heraus, aber fast im nächsten Augenblick hörte Sally, die ihre Ohren anstrengte, das Rauschen und Schwung eines flinken Pferdes, das wie der Wind zu huschen schien, und – ihr Feenprinz war es frei!

„Da ist er! Und ich habe ihm geholfen!“ keuchte Sally, umarmte ihre eigene junge Brust und zitterte in allen Gliedern.

Die Männer schauten nach rechts und links und lauschten, halb getäuscht von dem Geräusch. Endlich, weit unten auf der Straße, sahen sie Pferd und Mann, aber angesichts des Tempos wäre es reine Torheit, zu versuchen, sie zu überholen.

„Wir können ihn nicht fangen, und wenn wir könnten, würde er sich jetzt verteidigen“, sagte der Mann, der Lionel bewacht hatte, mit einer Stimme voller Wut und Sorge. „Wehe der Tag! Was wird Sir Percival sagen?“

„Seine Befehle lauteten, dass er keinen Augenblick außer Sichtweite bleiben sollte“, sagte der andere Mann. „Der eine oder andere von uns sollte Wache halten.“

„Und er war nicht außer Sichtweite“, sagte der erste Mann. „Ich verließ seine Seite nur einen Moment zuvor, um auf den Wetterhahn zu schauen, und als ich mich umdrehte, stand er allein da, wo ich ihn verlassen hatte. Wir kamen zusammen durch die Tür, dann stieß er mich ziemlich um und rannte weg. Wehe der Tag! Ich werde sowohl Respekt als auch Belohnung verlieren.

„Wie im Namen des großen Cäsar hätte er eine Nachricht über das Pferd bekommen können?“ fragte der zweite Mann. „Ich habe niemanden in der Nähe gesehen.“

„Ich auch nicht“, war die Antwort. „Beschwieg mich, aber ich konnte halb glauben, dass die Feen oder die Hexen hier waren! Es ist in der Tat ein Rätsel.“

Er fügte düster hinzu:

„Jetzt muss ich Sir Percival darüber informieren, was passiert ist, und bei meinem Glauben würde ich mich lieber ducken oder ein gebrochenes Glied zeigen.“

jemanden zu finden, der Lionel bei der Flucht geholfen hatte. Erst am Vormittag gingen sie in die Scheune; Dann, nach vielen Zögern, ließ sie sich schließlich vom Baum herab, doch nur um sich hinter einem anderen zu verstecken.

Sally war dankbar, als sie sich endlich auf der Straße wiederfand, nachdem sie von einer Deckung in die andere geschlichen war. Dann entfernte sie sich mit schleppendem Schritt schneller.

lange Zeit stetig weiter, dann näherte sich an einem großen Feld, an dem sie vorbeikam, ein mit sumpfigem Gras beladenes Ochsengespann der Straße.

„Könnte ich mitfahren?" sagte sie zu dem Mann, der die Ochsen führte.

„Müde, nicht wahr?" rief der Mann.

„Ich werde müde sein, bevor ich bei Homeview ankomme ", sagte Sally.

Homeview war eine Plantage in der Nähe von Williamsburg.

„Dann steh auf", sagte der Mann. „Ich komme so weit wie Humphrey Three Corners, das ist alles."

Indem sie viele Meilen marschierte und bettelte und auch um zwei oder drei Tassen Milch bettelte, erreichte Sally die Zeit für das Abendessen bei Parson Kendall, ein so hungriges und erschöpftes Mädchen, wie man es sich nur wünschen kann.

Es gelang ihr, die Veranda zu betreten und Mantel und Hut aufzuhängen, ohne von der Familie des Pfarrers gesehen zu werden. Dann machte sie sich auf den Weg zur Bibliothek, traf aber im Flur auf den Pfarrer.

„ Wohin , Mädchen?" rief der Pfarrer streng.

„Ich würde mit dir in der Bibliothek sprechen", sagte Sally eher schwach.

dir reden !" antwortete der Pfarrer.

Pfarrer Kendall sprach kein Wort, während Sally ihre Geschichte erzählte.

Goodwife Kendall wusste, dass Sally zurückgekehrt war, aber sie hatte eine so diskrete Zunge, dass nicht einmal ihre Schwestern wussten, dass der Aufenthaltsort der Jungfrau, die weder am Frühstücks- noch am Esstisch erschienen war, weder dem Pfarrer noch seiner Frau unbekannt war.

Es herrschte Stille, als Maid Sally ihre seltsame, mutige Geschichte beendete.

War ihr bester Freund, der freundliche Pfarrer, wütend über das, was sie getan hatte? Würde er ihr scharfe Vorwürfe machen oder sich über eine so kühne Tat schämen?

Als er endlich sprach, lag ein seltsamer Unterton in seiner Stimme.

„Ich bin stolz auf dich, Magd, stolz auf dich! Du bist in der Lage, zu den Soldaten zu gehören, die Ungerechtigkeit und Unterdrückung niederschlagen würden. Aber warum hilfst du dem kleinen Sohn von Sir Percival Grandison, warum gerade ihm?"

Für einen Moment war es an Sally zu schweigen. Dann sagte sie, den Blick fest auf das Gesicht des Pfarrers gerichtet:

„Ich habe Ihnen erzählt, Sir, was mir zu Ohren kam. Es war der erste Fall, bei dem ich dachte, dass mein eigener Mut meinem Land in gewisser Weise dienen könnte, und auch einem seiner Söhne."

Pfarrer Kendall war mit der Antwort zufrieden.

„Wir haben uns heute Morgen um dich gekümmert", sagte er, „und haben heute in aller Stille Nachforschungen angestellt, aber alles, ohne es irgendjemandem zu gestatten." wisse, dass du wirklich verschwunden warst . Versuchen Sie es also nicht noch einmal mit uns."

„Das werde ich nicht", sagte Dienstmädchen Sally.

„Jetzt besorg dir Essen und Trinken", sagte der Pfarrer. „Ich habe eine dringende Aufforderung, mich um Mistress Cory Ann Brace zu kümmern, die krank in ihrem Haus liegt. Ich wollte sie gerade besuchen, als du erschienst . Und nach deiner Mahlzeit solltest du am besten sofort zu Bett gehen. Das werde ich tun." Sprich einen Moment mit Goodwife Kendall über deine Geschichte. Nach deinem nächtlichen Feldzug wirst du langen Schlaf brauchen.

Sally lächelte über die Rede des Pfarrers. Sie wusste ganz genau, dass eine Armee zwar das Feld behielt, sich aber im „Feldzug" befand.

„Habe ich letzte Nacht das Feld behalten, Sir?" sie erkundigte sich.

„Wahrlich, ich glaube, du hattest das Feld vom Anfang bis zum Ende ganz für dich allein", lächelte der Pfarrer. „Ich bin stolz auf dich! Aber lass es uns wissen, wenn du das nächste Mal zur Rettung gehst ."

„Das werde ich, Sir", sagte Maid Sally.

KAPITEL XXI.
DER QUEER -NAME

Als Sally, strahlend wie ein neuer Sixpence, am nächsten Morgen beim Frühstück erschien, betrachtete Pfarrer Kendall sie mit großer Nachdenklichkeit. Und als er nüchtern sagte: „Ich würde dich nach dem Essen in der Bibliothek wiedersehen", fragte sie sich, was er wohl zu sagen hätte.

Er sprach sanft, verschwendete aber keine Worte, als er begann:

„Magd Sally Dukeen , es hat Gott gefallen, die Frau, Herrin Cory Ann Brace, zu sich zu nehmen, die kurz nach Mitternacht dieses Leben verlassen hat.

„Aber sie dachte daran, was ihr gesagt werden musste, bevor sie in Frieden sterben konnte. Und sie gestand, dass dein Vater dich plötzlich verlassen hat, als du erst sechs Jahre alt warst und ein Fremder warst und eines Besseren besonnen warst Herrin Brace, als ich fürchte, dass sie es verdient hätte, überließ er dir in ihrer Obhut, zusammen mit einer beträchtlichen Geldsumme, die für die Verpflegung und eine ordentliche Schulausbildung bestimmt war.

„Aber da sie vom Geist des Bösen in Versuchung geführt wurde, benutzte Herrin Brace das Geld, als ob es ihr eigenes wäre. Einen großen Teil davon hatte sie ausgegeben, aber ein Teil ist noch übrig. Dies gestand sie auch unter Tränen und mit Seufzern, das hatte sie vor." verzinst, sobald einige unserer gegenwärtigen Probleme vorüber waren.

„Wie Sie Herrin Brace gegenüber behandelt haben, darüber brauchen wir nicht weiter nachzudenken."

„Sie war nicht grausam, Sir", sagte Maid Sally und wünschte sich in ihrem zarten jungen Herzen, freundlich über die Toten zu sprechen.

„Vielleicht ist es nicht grausam, was gewalttätige Behandlung angeht, Kind", sagte der strenge, gerechte Pfarrer, „aber ich halte es für grausam, ach, sehr grausam, dich als Dienstmagd gehalten zu haben und deine Ausbildung als Dienstmagd zurückzuhalten." Sie hat es getan und hätte es auch weiterhin getan, wenn nicht das gute Blut in deinen Adern gewesen wäre, das nach Besserem schrie.

„Habe ich gutes Blut in meinen Adern, Sir?" rief Sally und drehte eifrig und nervös ihre spitzen Finger.

„Ja, das beste Blut, liebes Kind, und der Wille eines eisernen Vorfahren. Ich bin letzte Nacht zu diesem Mann des Gesetzes, Sir Gaspard Culpeper, geeilt, damit er bezeugen kann, was die arme, fehlgeleitete Frau zu sagen hatte Ich wünsche mir und allen anderen Gottes Barmherzigkeit und muss zugeben, dass Unwissenheit viel mit den großen Fehlern von Mistress Brace und ihren Taten zu tun hatte.

„Hast du diesen Namen schon einmal gesehen, Maid Sally? Schau ihn dir gut an und versuche dich daran zu erinnern."

Sally schaute auf das Papier, das ihr der Pfarrer reichte, und das reichhaltige Blut breitete sich auf ihrem Gesicht aus.

„Sprich die Wahrheit, Kind", sagte der Pfarrer.

„Ich habe diesen Namen tatsächlich einmal gesehen, sowohl auf einem Umhang als auch in einem Brief, der in einer kleinen Truhe bei Mistress Brace lag", sagte Sally, „und – und –"

„Sprechen Sie ohne Angst", sagte Pfarrer Kendall, während Sally nach Worten suchte; „Viel hängt davon ab, dass ich ein klares Verständnis von allem habe, was du sagen kannst."

Dann erzählte Sally von dem Soldaten, der ihr seine Karte in den gebeugten Arm gesteckt hatte.

„Es war derselbe seltsame Name", sagte Sally.

„Weißt du, zu welcher Sprache es gehört, junges Mädchen?" und der ernste Pfarrer lächelte.

„Ich glaube, der Soldat war Franzose", sagte das Mädchen mit einem Anflug von Enttäuschung in ihrer Stimme. „Ich fürchte, der Name muss auch französisch sein."

„Buchstabieren Sie es und sprechen Sie es dann aus", sagte der Pfarrer.

Und Sally buchstabierte und sprach dann aus:

„Duquesne, Dookane . "'

„Du brauchst nichts als Stolz zu empfinden, diesen alten Namen zu tragen!" rief Pfarrer Kendall. „Die französische Marine hat nie einen edleren Offizier gekannt als den furchtlosen, angesehenen Kommandanten, der sie einst trug. Ein Marquis, Kind, ein französischer Adliger! Ein Protestant, der im Laufe seiner glänzenden Karriere die Spanier, Dänen und Holländer eroberte."

„Hast du nicht den Willen deines Vorfahren gespürt, der dich dazu drängte, das Beste aus dir herauszuholen? Hast du in dir nicht ein Verlangen nach den besten Dingen im Leben gespürt? Hast du dich nicht zu diesen besseren Dingen emporgearbeitet?"

„Ja, oh, ja!“ platzte Maid Sally mit einem großen, zitternden Schluchzen hervor. „Ich habe es gespürt! Ich wusste es fast! Meine gute Fee hatte das Gefühl, dass es so sein muss!“

„Deine gute Fee?“ Der Pfarrer sah erstaunt aus.

„Ja“, rief Sally, denn alle Angst, dem freundlichen Pfarrer mitzuteilen, was in ihrem Herzen vorging und was ein großer Trost in ihrem armen kleinen Leben gewesen war, verschwand.

„Ja, meine gute Fee, Sir. Ich habe mit einem anderen Teil von mir gesprochen und fand Hilfe dabei, so zu tun, als ob eine Fee in meiner Seele wohnte. Mein ärmeres Ich war ein Teil von mir, die gute Fee der andere. Und die gute Fee hat mich ermutigt und.“ tröste mich."

„Die eine war Sally Dukeen “, und der Pfarrer lächelte sehr freundlich, „die andere war Sara Dookane . Seltsam, wie der Akzent eines einzigen Buchstabens einen Namen verändern kann. Ich vermute, dass es die falsche Art war, wie Mistress Brace ihn nannte.“

„Aber es gibt noch mehr für Sie zu wissen. Ihre Mutter war eine englische Dame, ebenfalls von ausgezeichneter Abstammung, aber auf dem Weg in dieses Land mit Ihrem Vater, um ein besseres Glück zu suchen, starb sie.

„Heute Morgen habe ich sehr früh den Soldaten aufgesucht, Officer Duquesne, von dem Sie mir erzählt haben und von dem ich gehört habe. Und obwohl ich weiß, dass er ein ganz anderer Mann ist als Ihr Vorfahre vor fast hundert Jahren, und Seiner Meinung nach, und ich halte ihn für auf der falschen Seite, erzählte er mir dennoch einige Dinge, über die ich mich freute.

„Der Mann, der dir seine Karte gab, mein liebes Mädchen, war der Cousin deines Vaters, und ich bin mir sicher, dass er einst große Liebe für deine Mutter empfand. Er erzählte mir, dass er ein junges Mädchen gesehen hatte, das so sehr das Bild einer Geliebten war Als ich ihm ein kleines gemaltes Bild deiner Mutter zeigte, das in der kleinen Truhe von Herrin Brace gelegen hatte, wollte er ihren Namen wissen. Und Tränen füllten seine Augen innen."

"Dort!" rief Sally erneut aus. „Ich habe zu meiner Fee gesagt: ‚Woher weiß ich, dass außer Herrin Cory Ann Dinge hat, die meiner Mutter gehörten und mir gehören sollten?‘“

„Da war ein Umhang aus feinster Handarbeit“, fuhr der Pfarrer fort, „wahrscheinlich der, den Sie gesehen haben, außerdem ein wichtiger Brief, da darin der Name der Familie Ihrer Mutter stand, und ein paar Gegenstände außer Geld, die für Sie von Wert waren.“ in der kleinen Truhe. Hier ist das Bild deiner armen Mama.“

Sally blickte mit neugierigen Augen auf das kleine Gemälde, das ihrem eigenen Gesicht im Spiegel so sehr ähnelte, dass sie ausrief:

„Es ist wie mein eigenes Gesicht!" und plötzlich küsste sie es, einen schnellen, warmen Kuss.

„Ich frage mich, warum ich das getan habe?" fragte sie mit einem Gefühl der Verwirrung.

„Ich glaube, es war Ihr warmes französisches Blut", sagte Pfarrer Kendall.

„Und wie hieß meine Mutter?" fragte Sally.

" Earlscourt . Sie stammte aus dem gleichen Hause wie Lady Gabrielle, die Frau von Sir Percival Grandison, obwohl sie weit entfernt war. Offizier Duquesne von der britischen Armee glaubte, Ihre Mutter habe durch einige ihrer Verwandten, die gestorben sind, Geld verloren, daher kann nichts bewiesen werden. "

„Es ist genug bewiesen!" rief Dienstmädchen Sally.

Pfarrer Kendall lächelte.

„Da spricht deine gute Fee", sagte er; „Es *ist* genug bewiesen. Sie sind väterlicherseits von edlem Blut, und die Earlscourts halten sich selbst für die Besten, was zweifellos der Fall ist. Was könnte man sich Besseres wünschen?"

Sally war sprachlos.

Sie hatte die ganze Wahrheit der letzten Tatsache erst erfasst, als sie ihr so deutlich vor Augen geführt wurde.

Verwandtschaft mit ihrem Feenprinzen!

Könnte es wahr sein? Doch hier saß Pfarrer Kendall, der die Geschichte vom Cousin ihres Vaters gehört hatte, einem Mann, der die ganze Wahrheit über ihre Verwandtschaft und Verwandten kannte.

„Ich denke, ich sollte lieber weggehen und allein sein", sagte Sally mit rotem Gesicht und einem fieberhaften Leuchten in ihren Augen.

„Außerhalb des Hauses werden wir vorerst nichts darüber sagen", riet der Pfarrer. „Offizier Duquesne ist einer der Männer des Königs – und übrigens hatten wir bis vor kurzem nur eine Festung dieses Namens – und er wird Lady Grandison höchstwahrscheinlich mit der Tatsache in Kenntnis setzen, dass sie eine junge Verwandte in der Stadt hat. Aber „Mein liebes Mädchen, ich fürchte, sie würde gerade jetzt jemanden nur kalt anschauen, den sie für einen kleinen Rebellen halten würde."

„Dann ist ihr Sohn auch ein Rebell", sagte Sally mit großen Grübchen.

„Ja, und seine junge Verwandte Sara Duquesne hat ihm dabei geholfen, der Rebellenarmee zu helfen“, lachte Pfarrer Kendall mit leiser Freude.

„Ich muss eine Weile alleine weggehen“, sagte Magd Sally erneut.

„Und nimm deine gute Fee mit“, sagte der Pfarrer. „Aber kehren Sie in einer Stunde zurück, wohin Sie auch gehen , denn Goodwife Kendall und ich gehen zur Cloverlove- Plantage, um zu speisen, und wir gehen über die Bühne, die dort vorbeiführt und erst gegen Abend zurückkehren wird.

„Ich habe Lektionen für dich zu lernen und möchte nicht, dass du dich zu sehr mit dem Wissen beschäftigst, das dir zuteil geworden ist, und das ist in der Tat sehr angenehm.“

„Ich glaube, die Welt ist auf den Kopf gestellt “, sagte das Mädchen mit dem Blick eines Träumers.

„Und Feen sind nur strahlende Fantasien sehr menschlicher Geschöpfe“, sagte der Pfarrer mit leiser, freundlicher Stimme.

KAPITEL XXII.
DIE SCHLACHT AN DER GROSSEN BRÜCKE

Es scheint, dass das Wissen, das Maid Sally jetzt unter dem brennenden Gold ihrer dicken Locken trug, sie zu einer Frau machte.

Sie war sehr fröhlich und froh im Herzen, denn war nicht der liebste Traum ihres Lebens wahr geworden? Sie war eine hochgeborene Jungfrau, und – könnte es wahr sein? – das Blut ihres Feenprinzen floss auch in ihren Adern.

Doch anstatt wegen dieser Dinge von törichtem Stolz erfüllt zu werden, sagte sie sich weise:

„Jetzt muss ich noch mehr lernen, denn ich würde die Leute, die mein Volk sind, in keiner Weise beschämen, obwohl sie mich nicht kennen. Eines Tages werden sie mich vielleicht gut kennen."

Und so vertiefte sich das Mädchen erneut in ihre Bücher und lernte auch das Sticken, indem sie sogar das Muster auf dem zierlichen Umhang ihrer Mutter kopierte und es auch gut auf einem Rock aus feinem indischen Musselin kopierte, der in Mistress Braces Truhe gelegen hatte.

Wenige Wochen nachdem die jungen Virginianer nach Boston aufgebrochen waren, kam es zu einer harten Schlacht, sogar zur Schlacht von Bunker Hill.

Und Hotspur hatte seinen jungen Herrn gerade noch rechtzeitig in die ferne Kolonie getragen, um daran teilzunehmen, nachdem er seine Freunde zum ersten Mal an der Autobahn getroffen hatte.

Im Juli erhielt Sir Percival Grandison von seinem Sohn einen Bericht über den harten Kampf. Er erzählte, wie er und seine Kameraden, allesamt zart erzogene junge Männer mit weichen Händen und Löwenherzen, die ganze Nacht mit Hacke und Schaufel und mit der Basis daran gearbeitet hatten, Brustwehren aufzustellen. Und die Arbeit verlief so leise, dass weder ein Matrose im nahen Hafen noch der etwas entfernte britische Wachposten ein Geräusch gehört hatten.

„Obwohl es kein großer Sieg für uns war", schrieb Lionel, „haben wir doch gezeigt, gegen welche Art von Männern die Briten kämpfen müssen, und unsere ungeübten Männer haben Soldaten mit langjähriger Erfahrung und Ausbildung in die Flucht geschlagen. Wir sind uns des Sieges am Ende sicher." "

In einer lauen Nacht im August sah Sally Mammy Leezer die Straße entlangschlendern, die roten und gelben Hasenohren oder Spitzen ihres Kopftuch-Turbans hoch und wichtig gespannt, ihren weißen Baumwollrock so steif, wie Stärke es nur machen konnte, und zweifellos ihre Pfeife in einer tiefen Tasche.

Slipside Row wusste . Aber man wird sich daran erinnern, dass sie auch etwas über ihren Vater wusste und immer erklärte, sie sei „ nebber" . Ich war schon lange in dieser Reihe, auf keinen Fall .

Sally antwortete auf Mammys fröhliche Begrüßung und fragte dann fröhlich:

„Ziehst du in den Krieg, Mammy?"

„ In den Krieg ziehen ?" rief Mama mit einem ängstlichen Augenrollen. „Wozu nimmst du mich jetzt , Schatz? Aber ich schätze es Du Ich habe die Neuigkeiten gehört . Dat Mars' Löwe, er kommt bald nach Hause. Mars' Perc'val , er redet noch lange davon, zu Inglan zu gehen, und Mars' Lion, er soll nach Virginny zurückkommen und sich die Plantage und wir die Hütten ansehen.

Dann senkte Mammy ihre Stimme und fragte mit geheimnisvoller Miene:

„ Hast du gehört , dass Hotspur dem Mars-Löwen dabei hilft , nach Bosting zu fliehen?"

"Wie war das?" fragte Sally, denn tatsächlich hatte sie nicht ein Wort des Klatsches über die Affäre gehört.

Mama fuhr fort:

„Natürlich wird Mars' Perc'val kein Wort zu ihm über das Thema sagen , und das tue ich auch nicht Gott sei Dank, er weiß , was er denken soll Beobachtungen . Aber er ist ja schon geboren, Schatz, ich hoffe , die Leute oben im Haus haben irgendwie versucht, den Mars-Löwen davon abzuhalten, nach Bosting zu gehen , zusammen mit etwas seltsameren Jungs, mit denen er zusammen war.

„Und, Schatz", – Mammy Leezer hielt einen dunklen Finger hoch, um ihre feierliche Miene noch schrecklicher zu machen – „eines Nachts, als May, der Hotspur, seine Außenbox verließ, brauchte er Huf, Kopf oder Schwanz zu sehen. " ihn verließ '. Und dar Achtung, *niemand* kommt wegen dieses Hoss! Bill, er war die ganze Nacht wach, und Lil Jule , sie hat ein kleines Unglück Stummick , also bin ich die ganze Nacht wach, und niemand kommt vorbei, wir wissen, dass es diese Nacht ist , und doch am Morgen war der Hotspur verschwunden .

Mammy legte ihre Hand seitlich an ihren Mund und flüsterte laut:

„ Sperrits , Schatz! Sperrits !"

Sally lachte und schüttelte ihren strahlenden Kopf.

„Oh nein, Mammy", sagte sie mit voller und sprudelnder Stimme, „nein, nein! Geister kommen nicht mit starken Händen und Füßen und nehmen ein Pferd mit. Bill hat geschlafen, die kleine Jule hat es ruhig gemacht, und du . " schlief ein, dann führte jemand Hotspur weg.

Mammy sah sich aufmerksam um und sagte dann mit einem Augenzwinkern:

„ Ennyway , ich bin froh, dass der Junge entkommen ist. Dieser Krieg wird den Engländern nichts nützen . Der alte König braucht nicht zu glauben , dass er seinen großen Fuß auf den Hals des Volkes setzen kann, ohne dass sie sich zurücklehnen.

„Lassen Sie Mars' Perc'val und Mistis Gran'son geht zurück nach Inglan ' ef Sie wollen. Sie kommen bald wieder zurück. Und der Marslöwe kann, wenn er ein junger Mann ist, von überall her rennen, so viel er will , solange die Zeit so weitergeht .

Also kam er zurück! ihr Feenprinz !—

„Ich muss noch mehr lernen", sagte Maid Sally.

Und so, während die Libelle in der heißen Sommersonne summte und die träge Brise die von Busch zu Busch aufgereihten Spinnweben kaum bewegte, während die flammenden Mohnblumen durch Hitzenebel zu sehen waren und das Vieh knietief in den Bächen stand Das Dienstmädchen Sally lernte, rezitierte, nähte, pflückte Obst, backte und lernte sowohl in der Speisekammer als auch im Wohnzimmer.

Wirklich eine kleine Frau der alten Zeit.

Nicht oft lobte der alte Pfarrer jemanden freimütig . Aber eines Tages sagte Pfarrer Kendall zu Sally:

„Ich halte es für gerecht, Magd Sally Duquesne, zu sagen, dass du mit deinen Lektionen sehr edel umgegangen bist. Manch eine feine Dame könnte stolz sein, wenn sie an deiner Seite stünde und dir im Lernen ebenbürtig wäre."

Und Sally hätte sich vor Glück umarmen können.

Dann kamen die kühleren Herbsttage. Die Baumwolle hatte ihre Kapseln geplatzt, das Zuckerrohr hatte seine Süßigkeiten verloren, der Tabak war eingelagert, die Früchte konserviert.

An einem schönen Tag im November sah Sally Hotspur mit ihrem Feenprinzen am Zügel vorbeirennen.

Es war wie ein Hauch neuer, süßer Luft, ihn so zu sehen. Maid Sally war zu sehr ein Kind der Natur, als dass sie mit zunehmendem Alter die liebste Leidenschaft ihres Lebens verloren oder beiseite geschoben hätte, und der

Feenprinz aus ärmeren Tagen war der Feenprinz noch immer in ihrem tiefen, jungen Herzen.

Er war jetzt auch ihr Held. Sie hatte ihm geholfen, für sein und ihr Land zu kämpfen. Er war ihr Verwandter. Was für ein Geheimnis, es in ihrer Brust zu umarmen!

Aber jetzt wurden die Nachrichten aus allen Richtungen immer heißer. Lord Dunmore, der aus Williamsburg verschwunden war, richtete dennoch in anderen Teilen Virginias Unheil an.

Und bald kamen Berichte über Unruhen aus der Nähe von Norfolk, südlich von Williamsburg.

Sir Percival Grandison, der noch in seinem Haus in Virginia weilte, versuchte nicht länger, seinen kleinen Sohn davon abzuhalten, mit den „Rebellen" zu kämpfen. Es gab tatsächlich etwas, worüber er im Zusammenhang mit der Boston-Affäre sehr Stillschweigen bewahrte.

Und er war nicht überrascht, als Lionel mit den jungen Spottswood , Norris, Byrd und anderen erneut den Hotspur bestieg und nach Norfolk trottete, um zu sehen, welche Probleme die Briten in diesem Viertel machten.

Eines Morgens, als der Dezember in die zweite Woche ging, war Sally in der großen Küche und rupfte eine Gans, um zu erfahren, wie Pfarrer Kendall mit etwas schiefer Perücke, vor Aufregung gerötetem Gesicht und hastigem Benehmen zur Tür kam.

„Gute Matilda", sagte er zu seiner Frau, „ich möchte, dass schnell ein Korb mit Essen vorbereitet wird, eine Rolle Leinen bereitgelegt wird und mehrere Flaschen mit deinen stärkendsten Stärkungsmitteln herausgeholt werden. Ich gehe mit unserem Pferd Rupert." und Satteltaschen, eine lange Tagesreise und fast eine Nacht, um einigen unserer Männer, die an der Great Bridge in der Nähe von Norfolk verwundet liegen, so viel Trost wie möglich zu spenden.

DIE SCHLACHT AN DER GROSSEN BRÜCKE.

„Es wurde die Nachricht überbracht, dass am siebten eine Schlacht ausgetragen wurde und den Kolonisten ein großer Sieg beschert wurde. Aber der junge Lionel Grandison und Hugh Spottswood aus unserer Gemeinde sind unter den Verwundeten, und es wird Hilfe bei der Pflege der Verletzten benötigt."

„Doktor Hancocke fährt in seinem Wagen mit Medikamenten und Zaubertränken, und ein so lautes Wehklagen brachte Mammy Leezer , die alte farbige Krankenschwester in Ingleside, dazu, zu betteln, dass sie sich um ihren ‚ Chile ' kümmern darf – denn so nennt sie den jungen Lionel – diesen Doktor Hancocke wird sie zusammen mit seinen Medikamenten und Verbänden mitnehmen.

„Sir Percival hofft auch, dass sie bald mit dem jungen Mann an der Spitze zurückkehren kann. Er wagt es kaum, selbst an den Schauplatz des Konflikts zu gehen, denn seine Gefühle sind bitter gegen die Tories. Lady Gabrielle ist mit Wutschreien in ihr Zimmer gegangen und Kummer über die Nachricht, und was Rosamond Earlscourt betrifft, sie hat Bedienstete, Riechflaschen, heiße Getränke und alles, was sie an dem Ort aufbringen kann, der sich um sie kümmert, so laut ist ihr Kummer.

„Verdammt! Aber ich würde es gern sehen, wenn nur ein Fünkchen gesunder Menschenverstand aus irgendeiner Flasche in sie gegossen würde!“

„Jetzt mache ich mein Camlet fertig“ – einen großen Umhang wie ein Umhang – „und rolle eine Decke zusammen.“

„Oh, *bitte* !“

Pfarrer Kendall und seine Frau Matilda drehten sich um und sahen Maid Sally mit ausgestreckten Händen dastehen, mit brennenden Wangen und flehenden Augen.

mit Mammy Leezer in Doktor Hancockes Wagen quetschen und nur wenig Platz beanspruchen. Sehr, oh, sehr sehnlichst habe ich mich in diesen Tagen danach gesehnt, etwas zu tun, das helfen würde. Lassen Sie mich auf die Verwundeten warten. Ich bin stark und voller Gesundheit und fast eine erwachsene Frau. Ich kann einen Verband binden, ein Posset machen, eine Medizin mischen, die Kranken ernähren. Ich bitte dich, lass mich gehen!“

Der Pfarrer sah verwirrt aus, Goodwife Kendall sah überrascht aus.

„Liebes Dienstmädchen“, sagte sie, „es ist keine leichte Sache, sich um verwundete Männer zu kümmern. Man muss starke Nerven und eine feste Hand haben, um mit den Verletzten umzugehen.“

„Habe ich um Riechsalz gebeten oder in irgendeiner Weise Schwäche gezeigt, als schlechte Nachrichten kamen?“ fragte Sally. „Versuchen Sie es, aber versuchen Sie es! Ich glaube, ich könnte durchs Feuer oder durch die Flut gehen, um unseren Männern zu helfen. Bitte, lasst mich gehen!“

Aber Maid Sally sagte nie ein Wort darüber, dass es sich um ihren Verwandten handelte, der unter den Verwundeten lag.

Und Pfarrer Kendall sagte:

„Deine gute Laune gefällt mir gut, Mädchen, und als Frau geht sie in unsere Gesellschaft“, er wandte sich an seine Frau, „was hältst du, gute Matilda, davon, das Mädchen mitkommen zu lassen?“

„Ich denke“, sagte Goodwife Kendall, „da sie es so sehr wünscht , könnten wir sie gehen lassen.“

KAPITEL XXIII.
DIE MAID SALLY UND IHR FEENPRINZ

Während sie sich fertig machte, sagte Sally immer wieder:

„Ich komme, Feenprinz, ich komme!"

Und ein süßer Vogel der Hoffnung sang in ihren Ohren, dass mit dem tapferen Traumjungen ihrer Mädchenjahre noch alles gut werden würde.

„Ich werde auch den anderen dienen", sagte sie, „denn in gutem Glauben liebe ich mein Land sehr."

An der Großen Brücke herrschte Aufregung und Verwirrung. Aber die Verwundeten waren in ein langes, niedriges Gebäude getragen worden, das eigentlich ein Tabaklager war und jetzt in eine Krankenhausbaracke umgewandelt wurde.

Doktor Hancocke , der über Kenntnisse über Krankheiten und Wunden sowie über Medikamente und Medikamente verfügte, machte sich sowohl nützlich als auch willkommen. Bald fand er Lionel unter den Schwerverletzten. Seine Verletzung war durch eine abgefeuerte Kugel entstanden, die den jungen Mann mit solcher Wucht gegen eine Lafette schleuderte, dass sein Rücken verletzt wurde und eine Schulter ausgelenkt war. Dann, als das Fieber einsetzte, ging es dem jungen Mann schlecht.

Sally hätte über Mammy Leezer sowohl lachen als auch weinen können , als man ihr erzählte, dass Lionels Fall als ernst einzustufen sei.

Sie zeigte ihr Dragonerhaftestes Aussehen und schien sich der ganzen Armee zu widersetzen, ihr das noch einmal zu sagen.

„Wer sagt das? Ist der Junge schwer verletzt ? Was wird mit meinem Mars-Löwen geschehen, wenn ich ihn erst einmal erwische ? Sie hören besser auf zu gackern, die ganze Truppe ob dem, und lassen meinen Mars-Löwen allein mit mir!"

Sie waren nur zu froh, die fähige alte Frau bei sich zu haben. Und tatsächlich war Mammy Leezer so eifersüchtig auf ihren Schützling, dass sie niemandem erlaubte, ihr Tag und Nacht außer Sally zu helfen, und sich sogar selbst um die verletzte Schulter kümmerte, die Doktor Hancocke überzeugt davon war, dass sie sie mit Geschick behandelte.

Sally war froh zu sehen, auf wie viele Arten sie sich nützlich machen konnte. Sie zeigte gute Nerven und Ausdauer, half sogar dabei, die Verbände um eine Wunde zu wickeln, und überließ ihr die Verantwortung für bestimmte

Kranke, während ältere Krankenschwestern sich um diejenigen kümmerten, die hilfloser waren.

Ein paar Tage lang durfte sie nur bei ihrem Feenprinzen sitzen, während Mammy Leezer seinen Brei zubereitete und bestimmte Kräuter, die sie mitgebracht hatte, einweichen ließ. Dann vertraute Mammy ihr an, dass sie auf ihn aufpassen würde, während sie sich jeweils etwa zehn Minuten davonschlich, um sich eine wohltuende kleine Zigarette zu gönnen.

niemanden zu kennen schien . Sein Vater ritt auf Lord Rollin zur Great Bridge, blieb aber nicht lange. Er war im Lager nicht willkommen; Er konnte nichts tun, also ging er weg und sagte Mammy Leezer , er solle bald wiederkommen.

Es war Sallys schönste Stunde des Tages, als Mammy Leezer in die Küche ging, um Brei zuzubereiten, und sie mit ihrem Feenprinzen allein zurückblieb.

An einem rosigen Nachmittag Ende Dezember beugte sie sich über ihn und strich ihm sanft eine Locke aus der Stirn. Es wollte nicht bleiben, und einen Moment lang hielt sie das schöne Schloss zurück.

Zu ihrer Überraschung blickte sie plötzlich in die tiefblauen Augen, die offen waren und direkt in ihre eigenen blickten.

"Wer ist es?" er flüsterte.

Sally errötete, bekam Grübchen und lächelte; aber für einen Moment konnte sie ihren Blick nicht abwenden.

"Wer ist es?" fragte eine schwache Stimme.

„Eine Fee“, sagte sie schelmisch.

"Wer ist es?" kam in einem etwas kräftigeren Ton.

In diesem Moment kam Mammy zurück und die Frage drang schnell an ihr Ohr.

„Ich glaube, er ist zu sich gekommen“, sagte Sally, als sie der entzückten alten Frau Platz machte.

"Wer ist es?" Lionel wiederholte immer wieder: „Wer ist da? Wie heißt die Fee?“

„Also, Schatz, worüber redest du?“ sagte Mammy und rührte gemütlich den Brei um, den sie in der Hand hielt. „Du bleibst einfach ruhig und trinkst das, und deine alte Mammy lässt dich im Handumdrehen so flink wie ein Skeeter herumhüpfen . “

„Nein, nein, Mama", rief der junge Mann mit schwacher, aber meisterhafter Stimme, „wer war es, der sich über mich beugte? Ich muss es wissen. Sie dachten immer, ich würde nach meinem Sturz im Kiefernwald in Gedanken umherwandern. Ich sah ein Feengesicht, das sich über mich beugte, und ein schönes Geschöpf gab mir Wasser. Ich sah die Fee wieder, nur einen flüchtigen Blick, und noch einmal, gerade jetzt. Ich werde weder beißen noch essen, bis ich sie wieder sehe!"

Sally war verschwunden. Bei dem Gedanken, dass der Feenprinz versuchen würde, sie herauszufinden, bekam sie Angst, und sie rannte davon, während Mammy zum Feldbett ging.

Sie fütterte leise einen Mann, dessen rechter Arm in einer Schlinge steckte, als Mammy Leezers rundliche, rollende Gestalt auf sie zukam.

„ Du wirst gern herkommen und den Marslöwen sehen", sagte Mammy, „er kommt ganz nah vorbei , denn er ist frech wie ein zweijähriger Hahn! Er lässt sich den Spaß nicht nehmen ." Seine alte Mammy oder irgendetwas anderes , bis er die Fee sieht, ist er verrückt geworden. Du solltest besser ein paar andere besorgen, um den Mann zu füttern, und ihn zum Mars-Löwen bringen.

Die Fütterung war wirklich vorbei, und Sally ging zitternd und errötend zurück an die Seite ihres Feenprinzen.

Er streckte seine Hand aus und Sally legte ihre hinein.

„Lass mich dich ansehen", sagte er.

Sally ging näher.

„Ja, es ist genau das Gesicht! Das, das sich im Wald über mich gebeugt hat. Sag mir ", sagte er , „hast du mir nicht Wasser gegeben, als ich eines Tages benommen in der Nähe von Lover's Lane lag?"

„Ja", sagte Sally.

„Und sag mir " , fragte er noch einmal, sein Gesicht wurde rot und seine Stimme wurde lauter, „habe ich seitdem nicht für einen Moment dein Gesicht gesehen? Aber die Augen, die Grübchen, der Mund sind die gleichen. Wann war das? "

Er wurde immer nervöser und Mammy wurde unruhig.

„Sagen Sie es mir um Himmels willen Du weißt schon, es ist brütend , und ich habe es hinter mich gebracht!", sagte sie mit leiser Stimme und zuckte an Sallys Ärmel. „Es geht nicht, ihn zu verärgern auf keinen Fall ; Das erste Mal , wenn wir es wissen, wird er völlig außer sich sein .

Sally beugte sich über ihn und ihre dunklen Augen begegneten seinen blauen.

„Sie haben erzählt, dass du ein Gefangener bist", sagte sie einfach, „und ich fand es eine Schande. Ich wollte dem Land helfen, also habe ich dir Hotspur gebracht. Du hast gesehen, wie ich mich in einem Baum versteckt habe. Jetzt lass mich bitte gehen, „Und sie versuchte, ihre Hand wegzuziehen.

Aber der Feenprinz nahm die Hand in seine beiden und küsste sie sanft.

Sein Gesicht wurde blass und er beruhigte sich, als er sagte:

„Versprich mir, dass du nicht weggehst."

„Ich verspreche, nicht zu gehen, bis ich muss", sagte Dienstmädchen Sally.

Dann fütterte Mammy ihr „ Babby " und gab ihm eine beruhigende Dosis eingeweichtes Helmkraut, das ihn bald in einen ruhigen Schlaf versetzte, ein schläfriges Kraut.

Sally ging in einem märchenhaften Traum umher.

Der Rücken ihrer rechten Hand schien dort, wo der Feenprinz ihn geküsst hatte, mit einem goldenen Zauberstab berührt worden zu sein.

Dennoch rätselte sie über die Frage, wie sie am besten antworten sollte, wenn ihr Prinz mehr über sie erfahren wollte, was er sicherlich auch tun würde.

Sie konnte nie ihre eigene Geschichte erzählen, zumindest nicht den ersten Teil davon. Schließlich murmelte sie:

„Oh, meine gute Fee, sag mir bitte noch einmal, was ich besser tun sollte?"

Und die Fee antwortete:

„Warum sagen Sie Mammy Leezer nicht die Wahrheit über die Kiefernwälder und lassen Sie sie sie wiederholen? Sie liebt den Märchenprinzen von ganzem Herzen und würde die Geschichte in die rosigsten Farben kleiden.

„Was wäre, wenn du damals ein armes kleines Mädchen wärst oder geglaubt hättest? Mama wusste, dass du einen tollen Vater hattest, und wird es auch sagen. Und was wäre, wenn der Feenprinz herausfindet, dass du zweimal auf einem Baum warst, als er Hilfe brauchte? Feen sollen in Wäldern und inmitten von Bäumen und Blumen lauern.

„Mammy kann mit der Geschichte beginnen, du musst sie zu Ende bringen. Erzähl ihm von deiner Liebe zu Ingleside, aber nicht von dem Rocky Seat. Es wäre weder mädchenhaft noch nötig. Sag ihm deinen Namen und verheimliche nicht die Tatsache seiner Beziehung."

Das Dienstmädchen Sally befolgte den Rat ihrer guten Fee, und als Mammy Leezer die Geschichte hörte, rief sie: „ Schu ' jetzt!" und „ Bress „Yo ', liebes kleines Herz!" und „ Lorr de massy Sakes alive!", bis Sally wusste, wie ihre musikvolle Stimme und blumige Rede alles zum Ausdruck bringen würde, was sie dem zuhörenden Prinzen in die Ohren schütten würde.

Dann war der junge Lionel, der der ganzen erfreulichen Geschichte nie müde wurde, mehrere Tage lang fest entschlossen, die Magd Sally so oft wie möglich in seiner Nähe zu haben.

Aber der gute Pfarrer Kendall hatte mit verletzten und besorgten Männern gesprochen und gebetet, während Doktor Hancocke Medikamente und gute Ratschläge gegeben hatte und Krankenschwestern mit gütigem Herzen und bereitwilligen Händen auf die Kranken gewartet hatten.

Nun waren seit der Schlacht an der Großen Brücke vierzehn Tage vergangen, den Verwundeten ging es gut, einige waren nach Hause gebracht worden, und Pfarrer Kendall und Doktor Hancocke waren im Begriff, nach Hause zurückzukehren.

Der Feenprinz, immer noch zu schwach für eine Entfernung, rebellierte bei dem Gedanken, das süße Gesicht seines lieben Feenmädchens zu vermissen.

Aber Parson Kendall blieb felsenfest.

Vergebens sagte Mammy Leezer mit rollenden Augen und ängstlicher Miene:

„Ich weiß nicht , was die Konsequenzen sein werden, z dat Kleines Fräulein, geh weg!"

Der gute Pfarrer glaubte, dass Sally in der Not gegangen war und dass sie nun, da sie nicht mehr wirklich gebraucht wurde, zu anderen Aufgaben zurückkehren sollte. Und Sally wusste, dass er Recht hatte.

Eines Morgens warf Sally ihrem Feenprinzen also sehr früh einen Kuss zu, als er schlief und niemand es sah, denn Mammy hatte ihm geraten, nichts von ihrem Weggehen zu erfahren, bis sie ihm sagen musste, dass sie gegangen war, und lange nach Mitternacht war sie zurück mit Goodwife Kendall, die sie mit einer herzlichen Umarmung empfing, so sehr war sie froh, das Mädchen wieder zurück zu haben.

Eine Woche später sagte Pfarrer Kendall zu Sally, als er sie im Flur wieder traf:

„Mein liebes junges Mädchen, ich habe mich gerade erst von Sir Percival Grandison getrennt, der hier war, um Nachforschungen über dich anzustellen.

„Er erklärt , sagt Sir Percival, dass Sie seinen Sohn verhext haben und dass Ihnen nichts anderes übrig bleibt, als nach Ingleside zu fahren und sich neben ihn zu setzen. Der junge Mann wurde in einfachen Schritten zu seinem Haus gebracht, war aber ständig müde sein „Feenmädchen".

„Beschimpfte mich, aber ich fürchte, du könntest in Wahrheit eine Art Hexe sein !"

Der Mund des Pfarrers zuckte mit einem Lächeln, das er zu unterdrücken versuchte. Dann fügte er hinzu:

„Ich habe Sir Percival Ihre ganze Geschichte vorgelegt, von der er einen Teil bereits kannte, und er war sehr erfreut, als er herausfand, dass die junge Magd, die die Aufmerksamkeit seines Sohnes so sehr erregt hat, einen guten Geist hat, eine Dame, die geboren wurde, und von …" Verwandtschaft mit seiner Frau, der Lady Gabrielle.

„ Also bereiten Sie sich vor, Maid Sara Duquesne, und in einer Stunde wird die Kutsche kommen, um Sie nach Ingleside zu bringen."

Und zu Fair Ingleside ging Maid Sally.

Die Türen öffneten sich weit, um sie zu empfangen. Denn Lady Gabrielle Grandison sagte, dass einem ihrer eigenen Namen und ihrer Familie kein Mangel an Gastfreundschaft entgegengebracht werden dürfe.

Lady Rosamond Earlscourt empfing sie nur kühl, doch Lucretia war in ihrer Begrüßung freundlich und sanft.

Sie konnte sich noch nie erinnern, dass Sally einen so prächtigen Raum betreten hatte wie den, in dem der Feenprinz saß, gut eingehüllt in bunt geblümte Bettdecken, den breiten Sessel vor einem großen lodernden Feuer aufgestellt.

Sir Percival Grandison erhob sich von einem Platz neben seinem Sohn, als Sally vortrat, und wunderte sich auch nicht mehr darüber, dass der warmherzige Junge aus dem Süden, der fast ein Mann war, sein Herz an das schöne, errötende Mädchen verloren hatte.

Goodwife Kendall wusste, was sie tat, als sie Maid Sally in einen Rock aus purpurrotem Bombazine, ein Überkleid aus edler Seide und ein purpurrotes Samtmieder über Rüschen aus weißem Musselin steckte, als sie hinausging, um ihre Verwandten zu treffen.

Wie eine reife tropische Blume sah die Magd aus, als sie sich vor Sir Percival verneigte.

Der Feenprinz nahm erneut ihre Hand und küsste sie.

Und während der Kampf zwischen den Männern des Königs und den Kolonisten weiterging, wurde die schöne Magd Sally ein häufiger Gast in Ingleside.

„MAID SALLY WURDE EIN HÄUFIGER GAST BEI INGLESIDE."

Der Feenprinz *würde* es so wollen.

Sie wusste, dass er, wenn der Frühling kommen würde, unter George Washington, dem späteren großen Oberbefehlshaber, erneut in den Kampf für sein geliebtes Land ziehen würde. Sie wollte auch nicht, dass er blieb.

Und dann kam ein mutiger, willkommener Tag, an dem Sir Percival Grandison davon überzeugt war, dass die Kolonisten Recht hatten, als sie sich der Herrschaft des Königs widersetzten, und dies auch mutig sagte.

Auch der Charakter Washingtons, so ruhig, so großartig und entschlossen, war der eines Mannes, dem man vertrauen konnte, und Sir Percival vertrat ein für alle Mal seinen Standpunkt für die amerikanische Sache.

reiste Lady Rosamond Earlscourt nach England ab, in der Absicht, dort zu bleiben.

Anfang Juni sollte der Feenprinz einer Kompanie unter dem Oberbefehlshaber beitreten.

Ah, aber dieser Monat Mai! süßer, süßer Mai!

Die Vögel sangen wie nie zuvor. Der Garten blühte wie nie zuvor ein Garten, seit die Welt jung war.

Tag für Tag hielt sich der Feenprinz in der Laube auf, und neben ihm saß sein Feenmädchen.

Einmal spähte Sally über die Mauer. Der oberste Stein ihres felsigen Sitzes war zu Boden gefallen.

„Ich werde es nicht mehr wollen", dachte sie.

Kurz bevor Lionel abreisen sollte, gab es in Ingleside eine schöne Party und ein Fest.

Mammy Leezer hat ihr Bestes gegeben. Es gab Stachelschweinmarmelade, Sorghumschaum, Salate, Nuss- und Käsekuchen, Makronenpaste, Floating-Island, Syllabub und Sangaree.

Sally war ganz in Weiß gekleidet, weiße Blüten in ihrem rotgoldenen Haar, weiße Blüten an ihrer Brust.

Als sie mit Lionel über den Rasen schlenderte, nachdem die anderen Gäste gegangen waren und sie einen Moment am Sommerhaus anhielten, sagte der junge Mann:

„Ich denke immer an dich, Liebes, als mein Feenmädchen."

Und Maid Sally antwortete:

„Ich habe dich einmal in diesem Garten gesehen und dich meinen Feenprinzen genannt."

„Versprich mir, dass du nie einen anderen Feenprinzen in deinem Herzen haben wirst als mich!" er weinte.

„Ich verspreche, dass ich nie einen anderen Feenprinzen in meinem Herzen haben werde als dich", sagte Maid Sally.

DAS ENDE.